小学館文庫

世界中で迷子になって

角田光代

小学館

世界中で迷子になって　目次

旅に思う

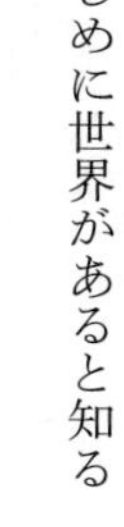

モノに思う

CHAM
MAP

旅に思う

はじめに世界があると知る

子どもは、自分が生きている場所が世界のぜんぶだと思う。言葉にして思わなくとも、無意識にそう思っている。少しずつ大きくなって、そしてあるとき、世界というのはここではなくて、ここ以外にも果てしなく広がっていると気づく。どこか、ここ以外の場所にいってみたい、見てみたい、と思うのはそのあとのことだ。

では、いったいどんなきっかけで、子どもは世界というものの存在を知るのだろう。感性がゆたかだったり賢かったりする子どもは、きっとうんと幼いうちからそのことに気づくだろうと思う。翻訳された海外絵本のなかや、輸入品のクッキーのパッケージを見て、ここではない遠い場所があると知る子どももいるのではないか。学校で習う地理や歴史で、世界ってのはずいぶん広いらしいと実感する子どももいるだろう。ぼんやりした子どもだった私は、そのことを学びそこねたまま大人になった。世界というものが自分の外に広大に広がっていると知るのは本当に遅かった。

私は、海外の絵本や物語のなかに、べつの場所を感じ取れない子どもだった。『スーホの白い馬』も『ぐりとぐら』も『エルマーのぼうけん』も、さらにはもっと大きくなって読んだ『風の又三郎』も『長くつ下のピッピ』も『風にのってきたメアリー・ポピンズ』も、みんなおんなじ場所の物語として読んだ。この本に描かれているのはここではない、と実感するのは、あの世が描かれた、たとえば『蜘蛛の糸』とか『耳なし芳一』などだけだった。つまりは場所の区別として、あの世とこの世くらいしかなかったのである。

小学生のころは夏休みに家族旅行によく出かけたが、私はほとんど何も見なかった。親がこっちだと言えばそっちについていき、ここで電車に乗り換えると言えばおとなしく従うだけで、周囲の光景が自分を囲む場所とどのように違うのか、目を開いて見ることをしなかった。

小学校の高学年になっても、中学に上がっても、私はやっぱり世界のことを知らないまんまだった。この時期、私は好きな科目以外の授業に参加することを放棄していたので、社会や歴史や地理といった好きではない科目のあいだ、騒ぎすぎて教室の外に出されているか、友だちに手紙を書いているか、本を読んでいるか、窓の外を見ているか、だけだった。そうして私の世界の知らなさは、唯一好きだった読書にも弊害をもたらした。

海外文学には「知らないことが書かれている」と、中学生になってようやく気づいたのである。それまで、ピッピもメアリーもアンもトム・ソーヤも、自分に身近なだれか、ひらたく言えば日本人だと思いこんで読んできた。それがだんだん、翻訳物に登場する町の光景や具体的な食べもの、読んでいて肌で感じる湿度や陽射し、そういったものが「なんだか知らない種類のものだ」と気づいてくる。たとえば英文学によく登場する「グレイビーソース」。肉汁と注釈がなされているが、たんに肉を焼いたときに出る汁とは違うと感覚が告げる。食べたことも見たこともない種類のものだと思う。そうすると、もうその本を読むのがいやになる。私は五感で本を読むようなところがあるので、何かひとつ、そうやってわからないものが登場すると、物語ぜんぶがわからないような気になってしまったのである。それで中高時代、翻訳小説はほとんど読まなかった。

もし私が世界というものに自覚的だったら、もう少し想像力を働かせただろうと思う。グレイビーソースという味わったことのないしろものを空想のなかで味わい、それを日常的に食べている、ここよりずっと遠い場所に思いを馳せることもしただろうと思う。しかしかなしいかな、泉鏡花作品に出てくる「鶫の鍋」は理解できても、グレイビーソースは理解不可能だった。鶫の鍋だって食べたことはもちろんないが、でも、鍋、というだけで、私の世界に近しくなった。

どうやら世界は私のいる「ここ」だけではなく、途方もなく広いらしいと、ほかの人がとうに知っていることに気づきはじめたのは、大学生になってからだ。それまで引っ越しをしたこともなく、小学校から同じ学校に通っていた私の世界は、本当に狭苦しく代わり映えのしないものだった。ところが大学に上がれば、同い年なのにひとり暮らしをしている人もいる。福岡から、三重から、北海道からやってきたと言う。同じサークルに四国出身の女の子がいて、その当時の私は授業を放棄し続けていたせいで四国がどこにあるのか知らなかった。それで日本地図を書き、「四国ってどのへん？」と訊いたところ、彼女は真剣に怒った。「あなたの日本地図には四国がないじゃない！」と言うのである。彼女の書きくわえてくれた図によって、私ははじめて四国を知った。恥ずかしかった。

同級生たちの出身地だけではない、もっといろんなさまざまなこと、たとえば同い年の男の子の存在とか（ずっと女子校だった）、特定の知識に秀でたへんな先生とか、はじめていった居酒屋とか、女友だちのちいさな下宿とか、はじめて屋外で迎えた朝とか、ささやかなものからそうでないものまで、新しく降りかかってくるすべてのものごとが、総動員して私にささやきかけたのだと思う。世界はあんたのいるそこではないよ。内側ではなく外側にあるよ。信じられないくらい広いよ。あんたはなんにも知らないんだよ。

一八歳だった私が親に嘘をつき、はじめてひとりで旅をすることにしたのは、そのささやきを聞いてじっとしていられなかったからだろう。宿の予約もせず、読めもしない時刻表を手に、一八歳の私が目指したのは千葉北部の、ある町だった。今思えば旅と言うのも恥ずかしいほど近い場所だが、何しろひとりで電車を乗り換え、ひとりで住んでいる町を出、ひとりで見知らぬ地を歩き、ひとりで宿に泊まる、そのぜんぶがはじめてだったのだ。一泊きりの短い旅を終え、ほんの少しだけ自信がついた。私にもできた、ひとりきりで私の世界を抜け出すことができた、という思いがあった。そのすぐあとに、またしても親に嘘をつき、富山を訪ねた。海は私の知っている海ではなかったし、山は私の知っている山ではなく、バスもまた私の知っているバスではなかった。

その後、学生だった私はおそるおそる異国へと目を向けていった。日本の外にも世界はあるのかどうか、頭ではなく目や耳や、舌や足の裏で知りたかった。最初のひとり旅が千葉というビビリ体質の私が、てはじめにいってみようと思ったのはサイパン。一九歳だった。どうも私には、アジアの貧乏旅行というイメージがついてまわるようで、はじめての異国がサイパンと言うとたいてい驚かれる。でも、あんまり遠くにいくのはこわかったし、お金もなかった。クラスメイトの子がサイパンならいっしょにいってもいい、と言ってくれたので、そこに決めたのだった。

世界、というものをあらゆる意味でよく知らなかった私は、パスポートが何を意味するのかもわかっておらず、帰り道、預ける荷物にパスポートを入れてしまい、出国時、英語しかしゃべらない馬鹿でかい係員に呆れられながら、飛行機入りを待つ荷物倉庫に連れていかれ、自分の荷物を係員と手分けしてさがす羽目になった。もっと早く世界の成り立ちについて気づいていれば、こんな馬鹿げたことをしなくてもすんだのになあと、今も思う。

サイパンで何か強烈な体験をしたかというとそんなことはなくて、ただお気楽な観光客として泳いだり、町を歩いたりしていただけだったのだが、それでも、くっきりした陽射しと原色の花、木々や家の作る濃い影、閑散とした巨大なスーパーや、裏通りにあるちいさな食堂など、今まで見たこともないもの、感じたことのないもの、嗅いだことのないにおいで満ちていて、それらは充分私の外側の世界だった。

その次の年、今度はニューヨークにいった。アメリカにいっている友人とニューヨークの空港で落ち合うことになっていて、たったひとりで飛行機に乗った。心細く、どうしようもなく緊張し、また興奮もしていた。自分がどこかに向かっている、未知の場所に向かっているという、それまで感じたことのない種類の気分だった。

帰りは友人といっしょだったのだが、この友人曰く、私は飛行機の窓に顔をつけ、「ねえ、赤道ってどこにあるの？　いつ見える？」と訊いたそうである（私はまったく覚えていない）。世界があるとようやく理解しはじめたのはいいが、私の思う世界はたんに世界地図だったのだろう。赤道という名の赤い線が、海の上に引かれていると思っていたに違いない。本当にかなしいくらい無知だった。

その数年後、二四歳のときに私は本格的な旅にはまり、以降、ビビリ体質は変わらないくせに、ひとりでどこでも出向いていくようになった。訪れた国の数は三十数カ国、同じ国にいくことも多いので、旅の数は単純計算でもっと多い。取り憑かれている、といったほうが近い。なぜこれほどまでに取り憑かれたのかといえば、世界を知るのが遅かったからだろうと思う。もっと早く、ほかの聡明な子どもたちのように、小説や映画や、お菓子や音楽や、歴史や地理で、世界というものは広いのだ、自分の知らない世界はここ以外に途方もなくあるのだと知っていれば、ここまで旅に固執しなかったはずだ。なぜならそうしたものに触れることで旅することを知るだろうから。けれどあいにく、私はそうできなかった。実際に自分で出向いていき、それでようやく「ああ、本当にこの場所は存在していたんだ」と知るしかない。今も私はそのようにして旅をしている。旅をしたいと思うとき、いつも、本当にそこに世界があるのかどうか、知りたいだけなのである。

大人になったからこそ

先だって仕事でアメリカにいった。ニューヨークとシアトルである。シアトルははじめてだったがニューヨークは二度目。とはいえ一度目は一九八七年、二〇歳のときに一週間いったきりである。

ニューヨークでいろんな人に「はじめて?」と訊かれ、「いいえ、一九年前に一度きました」と答えるたび絶句された。たしかに町はずいぶん様変わりしているだろうし、私の記憶だっておぼろげだ。はじめて訪れたのとなんら変わらない。

ニューヨークに着き、仕事の合間に在ニューヨークの友だちに電話をかけた。この友だちは大学卒業後、ニューヨークに飛び立って、そのまま居着き、その地で結婚もし、カメラマンとして自分のスタジオを持ち、活躍している人である。ニューヨークにいるよー、と告げると、「いきたいところや買いたいもの、食べたいものがあったら言って、案内するから」と言ってくれた。が、そう言われてみてはじめて、私にはいきたいところも買いたいものも食べたいものもなんにもない、つまるところこの町になんの興味も持っていないと気づいた。

ニューヨーク旅行をした二〇歳の私は、なんだかちっともたのしくなかった、と帰国してからこっそり思った。その後、アメリカ本土を旅する機会はなかったので、それがそのまま私のアメリカの印象になっているらしい。旅するにはあんまりたのしいところではないんだろうと思いこんでいることに、友だちとの会話で気づかされた。

しかし、なんの興味も喚起されないからといってニューヨークにいるのにニューヨークを見ないというのもつまらない。とりあえず友だちに迎えにきてもらい、町を歩き、美術館にいき、昼ごはんを食べた。そうして驚いた。なんの興味も持っていなかったのに、町を歩いているだけで、なんだかわくわくしてくるのである。何が買いたい、どこへいきたいという気持ちはまったくないにもかかわらず、歩いているだけでたのしい。古びた石造りの建物とガラスでできたような高層ビルが並んでいるのを見るのもたのしく、地下からぶわーっと白い湯気が流れ出ているのを見て「おおニューヨーク」と思う。レストランで、店員がていねいに料理の説明をしてくれるのもなんだかうれしく、その料理がおいしいことにも感動する。

そうして私は、二〇歳のとき、なぜあんまりたのしくなかったかをゆっくりと理解する。

あのときの私には、ないものが多すぎたのだ。まず、何かを見る眼(め)がなかった。古びた建物を見てそのデザインの斬新(ざんしん)さをおもしろがったり、地下鉄案内の看板を美しいと思ったりする眼がなかった。美術館にいったところで、マティスのおだやかな迫力もゴッホのかなしい激しさも見る眼がなかった。

　それから自分のことも知らなかった。自分が何をおもしろく思うのか知らなかった。美術館が見たいのか、買い物がしたいのか、観光名所をまわりたいのか、バレエや演劇を見たいのか、ライブやコンサートを見たいのか。ちっともわからないから、がつがつと観光をしまくった。興味のない高層ビルの上で写真を撮ったり、町の真ん中にある広大な公園にいってみたり、国連ビルのツアーに参加してみたり、した。退屈だなあと思いながら。

　お金もなかった。大人になってこの町で食事をすればなんとなく理解できるのだが、ニューヨークのレストランは東京のように値段のばらつきがあんまりない。激安レストランもなければコース料理が三万円という馬鹿高いレストランもない。安い食事を、というのならば、インド料理や中国料理、はたまたサンドイッチやベーグルなどを扱う店がたくさんあるが、テーブルにクロスのかかったレストランはたいてい似たような値段である。そうしてそういうレストランの値段が、二〇歳の私には非常に高く思えた。しかもチップの習慣がよくわかっておらず、高い料理がさらに高くなる、という印象ばかりを持っていて、二、三度いって「この食事を続けるのは無理」と結論を出し、ほとんどの食事をデリカテッセンやエスニック料理店や軽食屋ですませていた記憶がある。

食べものばかりでない。ずらりと並ぶ洋服屋や古着屋や雑貨屋で、物欲がいやというほど刺激されるのに、所持金は心許(こころもと)ない。ほしいけど買えない、ということは、二〇歳の小娘をたいそういじけた気分にさせたことだろう。

そして二〇歳の私になかったいちばん大きなものは、余裕だったと思う。異国を旅することがほとんどはじめてだった。何かしなきゃいけない、と私は思いこんでいた。何か体験しなくちゃいけない、何か見なくちゃいけない、何か味わわなくちゃいけない、何か買わなくちゃいけない、充実した旅にしなければいけない、だってこんなに遠くにきたんだもの。そういう思いがあった。がつがつと観光をしまくったのは、自分を知らなかったせいでもあるが、余裕がなかったせいでもある。ニューヨークなんだから、とミュージカルを見にいっては時差ボケで堂々と居眠りをし、当時危険と言われていた地域にわざわざいってびくびくと歩き、「ここにはいったい何があるわけ?」と首を傾(かし)げたりした。

そうしてニューヨークというところは、それらがないかぎり、たのしめない町なのだと思う。何かを見る眼、自分への知識、ある程度のお金、それから余裕。

一九年たち、その町にも旅にも過大な期待をしなくなり、ほとんど興味も失って、そうしてはじめて、私はこの一九年間でかつて自分が持っていなかったものをようやく持ちはじめていることに気づいた。眼が肥えたとは思わないが、それでも、自分の眼の喜ばせかたを前よりは知っている。自分が何に興味を持っているかは断然知っている。私はミュージカルにも高層ビルにも国連にもさほど興味がないと知っている。町をひたすら歩きバスや列車に乗り、本屋に立ち寄り、教会や市場を眺め、喫茶店に座って町ゆく人を眺める、そういうことが心底好きだと知っている。お金も二〇歳のときのお小遣いやアルバイト代よりはある。チップの計算は苦手だが、レストランで食事代を出すのに悩むことはもうない。

余裕ということでいえば、私はすでに、予定びっしりのお仕着せの観光が、イコール旅の充実ではないと理解している。そういう意味での余裕なら、やっぱりあのころよりは断然ある。

そんなわけで、ニューヨークという有名な町を、一九年たって、ようやくおもしろいところかもしれないと思えるようになった。私にとってのニューヨークは、こっちが好きなときにはふりむいてもらえず、すっかりあきらめたころようやく好意を持ってくれた男の子と、ちょっと似ている。

ニューヨークは三日ほど滞在しただけで、あわただしくシアトルに飛んだ。飛行時間が六時間ほどだと聞いてたまげた。成田から六時間ちょっと飛行機に乗ればタイに着く。アメリカってとんでもなく広い、とあらためて思った。

シアトルは海沿いのこぢんまりした町で、町の規模が心地よかった。中心街なら徒歩でまわることができる。この町に着いてすぐ、ホテルに隣接したレストランで昼食を食べたのだが、何気なく頼んだクラムチャウダーのおいしさに仰天した。聞けば、クラムチャウダーはこの町の名物料理だそうである。

仕事の合間の本当に短い時間、町を歩いた。海沿いに魚の市場がずらりと並んでいて、町の静けさとは裏腹にこのあたりはたいそうにぎわっている。市場の付近にはみやげもの屋やレストランが集まっている。スターバックスの第一号店もここにある。路上では、歌をうたう人、詩を読む人、ギターを頭上にのせて演奏する人、何をしているんだかよくわからない人たちまで、それぞれ好き勝手に芸を見せている。かもめが飛び、海は銀色に輝き、観光客がそぞろ歩き、空は広く、活気があるのにどこかのどかで、洒落た建物が並んでいるのに全体的にひなびていて、ニューヨークとはまったく異なるのに、なんだかすごくアメリカらしい町であると思った。アメリカらしい、と思うほどアメリカのことなど知らないのだが、そう思ってしまうほど、アメリカというのはテレビや映画で見慣れた、不思議に身近なところなのだろう。

着いてすぐのクラムチャウダーに感激して以降、私はこの町にいるあいだどこのレストランにいってもクラムチャウダーを注文し続けていたのだが、まったくすばらしいことに、はずれということがなく、すべてが驚くほどおいしかった。じゃが芋が入ったもの、入っていないもの、オリーブオイルを垂らしたもの、とろみが強いもの、店によってそれぞれ違えど、みな一様にこくがあり、まろやかで、一生ぶんの食事がクラムチャウダーでもいいと思うほどだった。

二〇歳のころ、この町を旅していたらどうだったろう。坂の多い町を歩きながらそんなことを考えた。あのあわただしいニューヨークよりは、もう少し余裕を持ってたのしめただろうか。あるいはやっぱり、がつがつと充実をさがし、この町ののどかさとひなびた感じを退屈と結びつけてしまっただろうか。

少年の心で、大人の財布で旅をしなさい、と書いたのは開高健（かいこうたけし）である。私は彼のこの言葉を、三〇代になってから読んだ。三〇代になってから読んでよかったと思う。二〇代の私はたぶん反発しただろう。大人の財布でしかできない旅なんてつまらないじゃないか、それじゃあ東京とおんなじじゃないかと思ったのではないか。三〇代で読んだから、その言葉の本当の意味がわかる。大人の財布というのはお金のことばかりではない、余裕のことだとわかる。

若いときにしかできない旅があるように、大人になってからでしかたのしめない旅というのもたしかにあると、このあわただしい仕事の旅でしみじみ思った。

生き抜く町、生き抜く人々

香港(ホンコン)で毎年開催されている文学フェスティバルに招待され、香港にいってきた。フェスティバル自体は二週間と長いのだが、スケジュールをなんとか工面しなければならなかった私は、三泊四日という短い滞在になった。

香港は二度目。はじめていったのは二年前、二〇〇六年で、友人数人と遊びにいったのだ。

今回は、空港から出ている特急列車で中心街に向かった。窓の外に海が広がり、彼方(かなた)に香港の高層ビルがかすむように見えてくると、「おお、香港」とかすかに感動してしまう。はじめて香港にきたときも、この幻影のような光景に心を奪われたのを思い出す。

香港の町は全体的に長細い。空に向けて町ができあがっている感じ。どの町よりも人工的な光景だと思う。今から一〇年ほど前は、この細長いビル群の真ん中に空港があった。ビルとビルの隙間(すきま)を器用にくぐり抜けて着地するのだ。当時、香港経由でベトナムにいき、ビルすれすれを飛ぶという貴重な体験をした。あんな飛行場はどこにもないし、あんなふうに飛ぶ飛行機には後にも先にも乗ったことがない。そのときは、ただただその無謀な飛行がおそろしいだけだったのだが、あの空港がもうないとなると、乗っておいてよかったと思う。

香港に着いたのが昼過ぎで、その日はなんのイベントもなかったので、ホテルに荷物を置いて、早速町へと出ていった。数分も歩かないうちに、二年前に歩いた町がありありと蘇(よみがえ)った。あの建物がなくなっている、こんな新しい建物ができている。記憶の町と照らし合わせながら歩くうち、着いてまだ一時間もたっていないというのに、自分がこの町にあまりにも自然にとけこんでいることに気づいた。いや、正確に言うなら、私がこの町にとけこんでいるのではない、町のほうが私をとけこませてくれているのだ。香港はそういう町だ。旅行者という部外者を、いともたやすく包んでしまう町。

香港島のセントラルでもコーズウェイベイでも、あるいは九龍(カオルーン)の旺角(ウォンコッ)でも尖沙咀(チムサアチョイ)でも、一日歩けば、香港という場所の特異性が実感としてわかる。店の多さが尋常ではない。しかも、ありとあらゆるタイプの店が区分けされずに混沌(こんとん)といっしょになっている。洒落(しゃれ)たアクセサリーショップと、五〇年前からあるような屋台の雑貨屋と、日本の菓子だけ売る店と、地元の人でにぎわうお粥(かゆ)屋と、見慣れないフルーツを並べたジューススタンドと、スターバックスとが、平然と並んでいる。アジアの町はたいていどこも、こうした商店の過剰さがあるが、香港が特殊なのは、ブランド品を扱う店が異様に多く、それらが生活必需品を売る店々と同列に並んでいることだ。

　香港島には真新しいショッピングビルが多く、そのどれも、呆れるくらい巨大だが、多くのビルはブランド博覧会状態である。シャネル、ルイ・ヴィトン、フェンディ、プラダ、ミュウミュウ、バーバリー、ジル・サンダー、トッズ。おもしろいのが、ただハイブランドというだけで、フロアはまったく系統だっておらず、なおかつモンブランやバカラといった服飾品以外のブランド店が、どのビルにも混在していること。たとえば日本のデパートならば、メンズ、レディースからはじまって、二〇代向け、三〇～四〇代向けとフロアごとに区分するが、香港のビルにはそれがなく、とにかくハイブランドを集めたのだというごった煮感がある。それがおもしろい。しかも、どのビルにもちゃんと人がいる。観光客だけでなく、地元の人が買い物をしている。そしてそんなブランド博覧会のビルを一歩出れば、ビニールシートを屋根がわりに張り巡らせた屋台街が広がっていたりする。ガラス張りのブランドビルの向かいには、割安な服飾品ばかりを集めた、負けず劣らず洒落たビルが建っていたりもする。ものすごく高価なものと安価なものが、本物と偽物が、なんの違和もなく混在している。

　さらに、植民地時代から持ちこまれた価値観や建物があり、昔から根づいているのだろう大陸的な町のありようや習慣もあり、そこに新しく、現在の日本文化が洪水のように入ってきて、またそこの地で暮らす人が作り上げたアメリカ的な店、欧米的なセンスが、絡み合うように入り交じっている。土地としてはあんなに狭く、ぎゅうぎゅう詰めのちいさな町に、ありとあらゆるものが持ちこまれ、優も劣もなく、格好いいも悪いもなく、ただひたすら並列されている。この町が旅行者をするりとのみこんでしまうのは、だから当然なのである。旅行者も、この町にとってはひとつの要素でしかない。

今回の短い滞在で、いかに多くの外国人がこの町に住み着いているかを知った。たとえば文学フェスティバルを支えるボランティアたちは、ほとんど全員、縁あって移住している欧米人である。さらに、セントラルのソーホーに建ち並ぶバーでは、この国に暮らす異国人、おもに欧米人が大集結している。たまたまバーの外の喫煙所で言葉を交わしたおじさんは、フィンランド人で、香港に住んで二〇年になると言う。もうひとりはイギリス人で、三年ここに住んでいる、とのこと。勤めている会社から赴任した人よりも、自らの意志でここにきて、仕事を見つけて暮らしている人のほうが圧倒的に多いという印象を受けた。みな、町にのみこまれた人たちなんだろう。

ここではだれもがヨソモノで、そのヨソモノを町も人も排斥しない。のみこんだ人に、町は寛容に場所を与える。だから、異国からやってきてここに住み着いてしまう人というのは、のみこまれる快感と、そこに自分の場所ができあがっていく安堵(あんど)を、知ってしまった人たちだと思う。その感覚はよくわかる気がする。私も二度目の香港で、この町で暮らしてみたいと本気で思ったのだ。いくら好きな場所でも、暮らしたいと思うことは滅多にないのだが。

香港島は真新しく奇抜なデザインのビルが目立つが、スターフェリーで九龍半島に渡ると、もちろんこちらにも高層ビルはばんばん建っているが、それでも雰囲気が微妙に変わる。昔ながらの風情が、まだ色濃く残っている。車道に突き出た看板も、こちらのほうがより多いし、派手だ。かつて九龍半島にあった九龍城を、私は見たことがない。香港にくると、九龍城があるときに香港を訪れるのだったと後悔する。写真でしか見たことがないが、継ぎ足しに継ぎ足しを重ねて、自ら繁殖したかのように、異様な姿でそびえる九龍城は、まさに香港という町の象徴だったのではないかと思うのだ。何もかものみこみ、並列させながら膨張し、えも言われぬパワーを内含している。今は公園になっているらしいが、九龍城跡にできた、おそらく整備されているのであろう公園は痛々しい気がして、どうしても見にいく気になれない。

ところで、今回、香港でもっとも感動したことのひとつに、ビルの建築現場がある。二年前には気づかなかったことだが、香港では建物を建てるとき、足場にパイプではなく竹を使うのだ。竹を器用に組み立てて、職人はそれをするするとのぼってビルを建てていく。平屋や二階建ての建物ならわかるが、六〇階建てのビルも、馬鹿でかいショッピングビルも、足場はぜんぶ竹。香港で一時はいちばん高かった建物は八八階建てらしいが、それも竹の足場で造ったというのだから、すごい。事実、見上げるような高さの建築中のビルは、竹で囲うように覆われている。注意して町を歩くと至るところで見ることができる。高層ビルも人が造っているんだなと、妙に感心する。この数十年で香港はすさまじく変化しているのだと思うが、この竹の足場だけはこれからも変わることがないだろうと思うと、何やらたのもしい気持ちになる。

帰国後、香港はなぜ香港なのかを無性に知りたくなって、ある本を手にとった。『同じ釜の飯　ナショナル炊飯器は人口六八〇万の香港でなぜ八〇〇万台売れたか』（平凡社）というタイトルのこの本は、サブタイトルにあるように、香港でなぜナショナルの炊飯器が馬鹿売れしたのかを検証した本なのだが、炊飯器という素材だけにとどまらず、香港の現代史でもあり風俗史でもあり、国民性研究でもあり経済史の役割も果たすような、多角的なおもしろさがある。この本を読んで、自分の知りたかった「なぜ香港は香港なのか」――なぜ町じゅう看板だらけなのか、なぜこんなにブランドショップが多いのか、なぜ外国人が住み着くのか、なぜごった煮のまま町は発展し続けているのか、欧米や日本や中国の文化や色合いを受け入れつつもなぜ香港は香港の本質を失わないのか――が、驚くほど理解できた。

香港の人はお金が大好き、ものごとの価値基準はお金なのだと、香港で生まれ育った人、今現在暮らしている人の多くが揃って口にする。香港在住のアメリカ人女性によれば、「たとえばモネの展覧会が開催されたとする。その宣伝チラシには、モネのどんな作品がきているのかではなくて、数億円の値がつく絵がきている！　と書いてあるのよ」と、おかしそうに話していた。けれどこの本を読むと、香港の人たちが決してたんなる経済信奉者ではないことがわかる。香港人にとって、成功の証とされていることは、お金持ちになることではない。お金持ちになって、それを社会に還元してはじめて成功の証とされるのである。実際、多くの大学の建物に、寄付した人の名前が冠されている。私が参加した文学フェスティバルも、出資者は出版社ではなく、金融会社をはじめとする一六もの一般企業だった。

香港は、City of survivors――生き残った人、切り抜けてきた人たちの町、と呼ばれているらしい。この町が発展しながらもどこか都会になりきれず、人間的な体温にあふれているのは、この町が実際、サバイバーたちの町だからかもしれない。だって困難を切り抜けてきた人たちは知っているはずだ。他を排することが生き残る道ではない、他者とともに手を取り合うことが生き残る術だということを。

石か、水か

人は、はじめて旅した場所に、その後多大な影響を受けるのではないかと私は考えている。正確にいえば、はじめて旅した場所に、ではなく、はじめて心を震わせた場所に、である。

私がはじめて旅で心を震わせたのはタイである。はじめての旅、というわけではない。それまでにも、国内も海外も多くはないが旅の経験はあった。それでも、そのどこよりもタイに魅了され、その後、しばらく、旅先に東南アジアばかり選んでいた。

ヨーロッパをひとりで旅するようになったのは、三〇歳を過ぎてからである。最初は非常に戸惑った。それまで私が旅してきたアジアの国々と、あまりにも勝手が違うからである。とはいえ、景色が違うのも、気温が違うのも、交通手段が異なるのも、ぜんぶ当たり前。私にしても、アジアと違うものに触れたくてヨーロッパにいったのである。けれど、私の感じた「勝手の違い」は、それらとは微妙に異なった。うーん、これはいったいなんなんだろう、と考えて、はたと気づいた。旅人の目的のありようが、ぜんぜん違うのだ、と。

たとえば、アジアを旅するのに、目的はさほど重要ではない。アジア、とくに気候の暑い国は、旅人に目的を求めていない。むしろ、目的を奪いすらする。あの町にいってあの遺跡を見ようと思っていたけれど、まあいいや、暑いし、この町でも充分たのしいから。と、すぐにそんな気持ちにさせてしまう。そして、こちらがなんの目的もなく、ぼうっとした時間を過ごしていたとしても、かならず何か、旅を実感させるようなことが起きる。

だれかが話しかけてくる。似たような長期旅行者や、あるいはその町に住む人や。食事に誘ってくれたり、中心地から離れた、たとえば川や湖や滝や、ディスコやお寺や市場に連れていってくれたりする。一日、なんの予定がなくとも、気がつけばそんなふうに過ごしている。ガイドブックには載っていない旅をしている。

二〇代の、私のアジアの旅はいつだってそんなふうだった。予定を何ひとつ決めずに移動していても、日々、何かしらやることはあった。まったくの受け身でいても、退屈もせず、気がつけば自分の意志とは裏腹に、じつに能動的な旅になってしまう。

ヨーロッパで私が感じた勝手の違いは、つまりそういうことだった。受け身でいれば、何も起きない。予定を決めなければ、日々は真っ白なまま。自分で歩き出さないかぎり、だれもどこにも連れていってくれず、自分で動かなければ、旅を実感することもない。

私がはじめてひとりで旅したヨーロッパは、ポルトガルだった。ポルトガルにいこうと思っていったのではなく、モロッコを旅行中、モロッコに飽きて、地図で見たら近かったからいってみただけである。モロッコのタンジールから船でスペインへ、スペインからはバスを乗り継ぎ、またフェリーに乗るとポルトガルのヴィラ・レアル・デ・サント・アントニオという長ったらしい名前の町に着く。

ポルトガルは、たいへん好きな場所だった。細い通りを器用に走るバスに乗り、坂を上って下れば目の前には信じられないくらい青い海が広がる。人々は陽気で親切で、魚介類が新鮮でおいしい。ヴィラ・レアルも、そこから移動したファロも、安全な町らしく、夜、橙（だいだい）色の街灯が照らす石畳をひとりで歩いていても、ちっとも危険を感じない。ちいさな町なのに、モロッコにはない洒落（しゃれ）た洋服屋やアクセサリーショップが点在し、歩いているだけでもたのしい。

ここ、いい町だなあと思って歩きながらも、私は戸惑っていた。今までの旅との違いに。

だれも話しかけてこないし、だれも誘ってこない。今日はバスに乗ってファロまでいこう、と前日にたてた予定は、何にも邪魔されることなく敢行できる。が、予定を何も決めないでいると、膨大な退屈が襲いかかってくる。

モロッコの、食事の最中に断りもなく向かいに座って延々と話しかけてきたり、目が合っただけでばちばちとウインクをしたり、絨毯(じゅうたん)ほしい？　砂漠ツアーいきたい？　と数十メートルにわたってついてくる、人なつこい男たちに辟易(へきえき)していたのに、ポルトガルの静けさはやけにさみしくて、早くモロッコに戻ろうとすら思った。

のちのち、それがヨーロッパなのだと私は知ることになる。

三〇代になって、アジア中心の貧乏旅行にちょっと飽き、そこまで節約しなくともいいだけの余裕もでき、旅といえばヨーロッパを目指すようになった。未知の世界、未知の場所。

そして旅先で、いつも私は戸惑った。あまりにも何も動かないから。ともするとどっぷりと退屈に浸(つ)かることになる。食事はおいしい、町歩きもたのしい、でも、私の旅、これでいいのだろうか、と不安になるくらいの退屈。ものごとはスムーズに進み、偶然が偶然を呼び旅に翻弄(ほんろう)されるということがない。日本人や各国旅行者と話をする機会もなく、機会があっても距離が縮まることはなく、予定外のことはまず起きない。

幾度目かのヨーロッパで、ようやく私は気づいた。アジアは水で、ヨーロッパは石なのだと。水に自分を投じれば、ものごとは勝手に動いていく。何も決めずとも、水の流れるほうに身をゆだねていれば、景色は勝手に変わってくれる。目指したところと違う場所に流れ着いている。石はそうはいかない。石の上に座っていても、何も動かない。石に陽(ひ)があたり、翳(かげ)り、そして夜になるだけ。その場から自力で動かなければ、どこにも行き着かないし、景色は何も変わらない。

もしかしたら、これは文化とも呼べるのかもしれない。じつにおおざっぱな括りではあるが、アジアは水の文化であり、ヨーロッパは石の文化である。ヨーロッパの、何百年もそのままの姿で在り続ける石畳や建築物は、アジアではめったに見かけられない。アジアは、もちろん東京という町も含め、水が流れるようにどんどん過去を捨てて未来を受け入れる。あるいは過去をそのままに、新しいものを受け入れ続ける。変わることに躊躇がない。

ヨーロッパで有意義な旅をしようと思ったら、目的を持たないといけない。あの町にいってこの建築を見る。この列車に乗ってあそこにいき、だれそれの絵が飾られている美術館にいこう。目的は具体的であればあるほど、多くあればあるほど、その旅は充実する。ガイドブックに載っていないものを見ようと思ったら、それもまた、目的にしなければならない。わざわざガイドブックに載っていない場所を選び、そこに足を運ばなければならない。

そういうことが理解できてから、ようやく私はヨーロッパの旅に戸惑わなくなった。ヨーロッパには実際、目的とされてしかるべき、見るべきもの、味わうべきもの、触れるべきもの、何かしら私たちの興味をひくものがたくさんある。イタリアでもギリシャでも、ヨーロッパを訪れるとき、だから私はきちんと目的を決める。いきたい町、見たいもの、食べたいもの、乗りたいものを決めて旅に出る。

それで私はふと思ったのだ。若い時分、旅をしてはじめて心を震わせた場所がアジアだった人と、ヨーロッパだった人とでは、旅のありよう、旅観、旅に求めるものは、まったく異なっているはずだし、ひょっとしたら、旅を超えてものの考えかた、価値観、大げさにいえば生きる姿勢にも、それは関わってくるのではないか、と。もちろんはじめての印象深い旅が、アジアでもヨーロッパでもなかった人も多くいるだろう。国内旅行の場合もあるだろうし、アフリカ大陸や中東だった人もいるはずで、でもその人たちもきっと、その最初の旅で得た感覚に、その後何かしら影響を受ける羽目になったのではないかと私は考える。

どうとでもなるという楽観性、だれかがきっと助けてくれるという、よくいえば信頼感、悪くいえば他力本願さ、うまくいかないときはとにかく自分から動かずじっとしているのがいちばんというような傍観的態度、それでもうまくいかなければすぐにあきらめてしまう忍耐弱さ、そういうものは確固として私のなかにあり、それらは持って生まれた自分の性質というよりは、どうも、二〇代のときの旅が私に植えつけたものであるように、思ってしまう。

もし私が、若いときヨーロッパにはまっていたとしたら、今現在、もっとポジティブでアクティブでアグレッシブに日を送っているのではないか。

旅、というのは、いかにも人生のおまけである。旅しなくとも生きていくことは可能だ。また時間的・経済的・精神的に条件が整わなければ、いくら貧乏旅行だったとしても、旅しようなどと人は思いつかない。旅は決して人生の重要事項ではない。

けれど、そのおまけであるような旅に、こんなにも深く影響を受けることがある。半年間の長期旅行だろうが、二泊三日の滞在だろうが、旅との出合いが、旅した人の価値観や人生や性質を変えてしまうこともあるのだ。趣味はなんですかと訊かれると、私はつい「旅」と答えるが、趣味にはとどまらない異様な力を、旅というものは持っていると思う。

ところで、人より心配性で、人より小心の私が、さほど躊躇もせずひとり旅を続けているのは、間違いようがなく、はじめて心を震わせたアジアの恩恵である。この旅で、私は人の親切に触れるばかりで、いやな目には一度も遭わなかった。盗みや差別や詐欺といった「いやな目」が、旅にはつきものであると気づくことすらなかった。その後、そういうこともひとつずつ知っていくわけだが、それでも、旅とはいいものであり、他人は信頼に足るべき存在だという絶対的な気分を失わずにいられるのは、最初の旅の大いなる、そして感謝すべき影響なのである。

雨は降り、いつか陽はさす

ミャンマーをサイクロンが襲い、尋常でない数の被害者が出たことを、新聞とテレビのニュースで知った。もし私がミャンマーを旅したことがなかったら、これは毎日のように流れる、事件や事故といった、悲痛なニュースのひとつにしか聞こえなかったろうと思う。こわいことだ、たいへんなことだ、かなしいことだ、と思いはするものの、次の日のもっと悲惨なニュースによって忘れてしまうような類(たぐい)のもの。名も知らぬ人が亡くなったという事故のニュースは、もちろんかなしいが、しかし、そのくりとしたかなしみは、知っている人が亡くなったという衝撃とは、まったく違う種類のものだ。

旅したことによって、その場所は、「知っている人」になってしまうと、私はつくづく思う。ときとして、親しい友人にすらなってしまうのだ、と。

ミャンマーを旅したのは一九九九年のことで、しかも旅した期間は二週間ほど。決して長い期間ではない。それでもミャンマーは私の友だちになってしまったのだと思う。

ミャンマーの人たちには、お隣タイの国の人たちみたいな、押しの強い人なつっこさはない。向こうから話しかけてくることもなく、こっちが何か訊いたとき、言葉はわからないがとにかく何か教えてやろうということもない。もの静かで、慎み深くて、それでもものすごくあたたかい心を持っている。わざわざ向こうから話しかけてくることはないが、困った人を見ると放っておけないようなところがある。値段を高めに言ういわゆるぼったくり商人もいるが、それすら遠慮がちで奥ゆかしい。だれも彼も信心深くて、寺はどこでも混んでいる。大人も子どもも、タナカと呼ばれる日焼け止めの白い粉を頰に丸く塗っている。

ミャンマーの人は本当にみんなやさしかった。もちろんどこの国とも同じく、冷たい人も、底意地の悪い人もいるんだろう。けれど私が二週間の旅で会ったのは、頭が下がる思いがするほど気持ちのあたたかい人ばかりだった。ヤンゴンの市場付近や、観光地の寺付近には、物売りの子どもたちがたくさんいる。ポストカードや、ガムや、扇子なんかを持って、観光客と見るやわっと寄っていって売りこむ。この子たちは学校にいっておらず、もしかしたら家を持たない子もいたのかもしれない。彼らの言語能力は驚くほど高く、五歳くらいの子が日本語、英語、フランス語と三カ国語を操ったりする。七カ国語を操る一〇歳児にも会った。

観光地に屯している物売りの子というのは、世界各国にいるが、たいていすれている。シニカルな目をしていて、口が笑っていてもその目は笑っていない。諦観と絶望の入り交じったような顔つきで、習性のように売り物の名前と値段をくり返す。

けれどミャンマーの物売りの子たちは違った。観光客と言葉を交わすこと、覚えた他国語を使うことそのものがたのしげで、表情が死んでいない。絶望も諦観もない。「ポストカードも扇子もいらなくって、私は駅をさがしているんだよ」とでも言おうものなら、三、四人の子が我先にと駅まで案内してくれる。駅の、外国人専用の切符売り場まで連れていってくれ、自分が何かを売っていることなど忘れたように「じゃあまたねー」と手をふってにこにこと去っていく。

バゴーという古都の寺で、日本語を教えてくれと言ってきた子もいた。こんにちは。ありがとう。おはよう。さようなら。おげんきですか。私の名前は〇〇です。あなたはきれいですね。「これは日本語でなんというのか」と彼は英語で尋ね、私が答えたそのままを、美しい発音で復習していく。飽きずにくり返す。やがて観光バスがきて、大勢の西洋人が降りてくるのを見るや、「ちょっと待ってて」と彼は駆け出していき、ひとしきり商売をしてくる。彼らがまたバスに乗って去ると、この暇な日本人旅行者の元に駆け戻ってきて、「続きをやろう」と言う。「売れた?」と訊くと、「うん、二人が買ってくれた。フランスの人はけっこう買ってくれるんだよ」と笑顔で言う。観光バスから降りてくる西洋人が、フランス人かイタリア人か、アメリカ人かドイツ人か、イギリス人かオーストラリア人か、どういうわけだか彼らは瞬時にして悟るのである。

バゴーでは、一泊一〇ドル程度の安宿に泊まっていたのだが、この宿を仕切っている兄妹のことも私は大好きだった。妹はやり手で、宿泊客を見て宿代金を瞬時に決める。私には一泊一〇ドルと言ったが、旅して半年の筋金入りバックパッカーには六ドルと言っていた。そんなの、宿泊客同士で話せばすぐばれてしまうのに、そういうところには気がまわらないのだ。彼女は宿泊客が暇そうにしていると、「お茶飲みにいかない、おいしいところに連れていってあげる」とにこやかに声をかけ、実際食べものの非常においしい屋外喫茶店に連れていってくれるのだが、自分もぱくぱく食べて支払いを旅行者に任せる。あんまりにもそのちゃっかりぶりが堂に入っているので、何か憎めないのである。

おにいさんは、いつもちゃかちゃかと働いている彼女とは正反対に、いつも宿の前で知り合いとくっちゃべっていて、働いている姿を見たことがない。このおにいさんも、暇そうな旅行者を見つけるとあちこちに連れていってくれるが、妹と違って支払いをぜんぶ持ってくれたりする。妹に奢り、兄に奢られ、考えてみればこの兄妹で帳尻は合うのである。「あいつ、自分のこと何歳って言ってた?」と、あるときおにいさんが訊いた。「二五歳って言ってたよ」と答えると、腹を抱えて大笑いする。「また嘘ついてる。彼女は二七歳だよ。いつも年齢をごまかすんだ」と言う。そんなちいさなサバ読みも、私にはかわいらしく思えるのだった。

ミャンマーにはゴールデンロックという聖地がある。巨大な岩が、なぜか転がり落ちず傾いた格好で、岩石にのっている。その岩のてっぺんにはパゴダ（仏塔）がつくられ、お参りにきた人が貼る金箔で岩は金色に輝いている。あるときおにいさんがこのゴールデンロックに連れていってくれた。

おにいさんの車は、どこまでも続く田畑のなかを延々と走った。視界の隅々までが、緑に染まった田畑だった。運転しながら、おにいさんは足元に落ちているいくつものテープからひとつを選んでデッキに入れると、カントリーミュージックがゆるやかに流れ出した。

「ほら、あそこ」と、おにいさんが彼方を指す。「あそこ、雨が降ってる。もやってるのがわかる?」

のばされた指の先を見ると、ずーっと彼方の空には雨雲が広がり、一カ所だけ、灰色の太い柱が建っているように見える。そこに雨が降っているらしかった。灰色の柱はゆっくりと移動していく。雨が降っている場所をそんなふうに見るのははじめてだった。あの灰色の柱の下は雨が降っていて、柱が通過した場所はゆっくりと晴れていくのか。雨の降っている場所と、雨がやみ雲間から陽射しのさしこむ場所を、私は想像した。ずっとずっと遠く、遥か彼方の町。たぶん私が訪れることのないだろう場所で、私が出会うことのないだろう人々が、雨に降られたり、陽射しを見上げたりしている。そんな光景が、なぜかありありと思い浮かび、私は妙な感動をした。

「雨って動くんだね」と、私は感心して言った。東京で暮らしているとき、雨降りの日は、こんなに視界が開けていないために、世界のぜんぶが雨降りだと無意識に思っている。でもそうではなくて、隣の町は晴れているかもしれないのだと、そんなことを考えていた。

何もない田畑に果物売りがいた。道路わきにぽつんと座り、売り物の果物を足元に並べている。おにいさんは車を止めて果物を一袋買い、私にくれた。夏みかんに似た果物で、皮を剥くと柑橘類のさわやかなにおいが車のなかに広がった。カントリーミュージックはゆるやかに流れ、視界のすべてが田畑で、遠く、雨の柱はゆっくりと移動を続けていた。

その後に見たゴールデンロックの摩訶不思議な光景よりも、私はなぜか、おにいさんと車に乗っていた時間を、移動する雨を、田畑の緑を、よりくっきりと覚えている。

ミャンマーでは本当にたくさんのパゴダを見た。遺跡のようなパゴダも、真新しいパゴダも、馬鹿でかいパゴダもあった。どのパゴダでも信者が熱心に祈っていた。パゴダにいる仏さまもさまざまで、大きさも顔の表情も違う。立っている仏さま、寝ている仏さま、座っている仏さま、片手をあげどこかを指さしている仏さま、本当に千差万別なのだが、みな一様にカラフルで、そしてどこか愛嬌(あいきょう)がある。やけに人間くさい仏さまなのだ。見る、というよりは、会う、と言いたくなるような。

サイクロンのニュースを見て、二週間の旅で見たすべての光景、すべての人々、すべての仏さまが次々と浮かんでは消えた。あの兄妹は、物売りの子どもたちは、あの寺のパゴダは無事だろうか。いっしょにホテルをさがしてくれたあの男の子たち、切符を買うのを手伝ってくれたあのおじいさん、あの宿の人たち、あの店の人たち、あの美しい緑の田畑、あの堂々とした川、椰子(やし)の屋根の家々、みんな、すべて、無事なんだろうか。考えただけで胸がつぶれる思いである。私にできることは何かと考えても、義援金を出すことくらいしか思い浮かばない。そしてその義援金が、私の見知った人たちを助けるのかどうか、知ることは不可能だ。

人と知り合う、場所と知り合うということは、こういうことなのだと思う。だれかと知り合い親しくなる、ということは、かなしみの種類を確実に増やす。ミャンマーを旅しなかったら、こんなにも好きにならなければ、私はかなしみも衝撃も感じなかったに違いない。

ならば、だれとも、どことも知り合わなければいい、とは私は決して思わない。かなしみの種類が増えることは不幸なことではない。かなしむことができる、それを不幸だとはどうしても思えないのだ。

雨にけぶる町もいつか陽がさす。私は、たった二週間の旅でこんなにも親しい友だちになってくれたあの場所に、雨の柱が移動して燦々と陽射しが降り注ぐのを、祈るような気持ちで遠くから眺めている。

旅トイレ

あまり意識することはないが、旅先でトイレに思いを馳せることは案外多いのではないか。

食堂の一軒もない村、というのも困るが、それでもなんとかなる。かつて旅したスリランカのダンブッラには、開いている食堂が一軒もなかった。運悪く旧正月の時期で、どこも休んでいたのである。とはいえ、どこに食堂があるのかわからないほどちいさな町ではあったのだが。それでもなんとかなった。ビスケットと水を持っていたし、通りかかった家の家族が手招きし、正月用の菓子を食べさせてくれた。

が、トイレのない場所、というのはたいへんに困る。ふつう、どんなちいさな町だって村だって、トイレはかならずある。それが世の道理だ。モロッコの砂漠やモンゴルの草原にトイレはないが、しかしこの広大な土地すべてがトイレであるとだれもが了解している。モロッコの砂漠一泊ツアーに申しこんだとき、ツアースタッフのおねえさんに私は「トイレはあるんですか」と、今考えれば馬鹿みたいなことを訊いた。観光客を何人も連れていって一泊させるツアーなのだから、仮設トイレか何かがあるのではないかと思ったのだ。おねえさんはもちろん不審な顔で私を見、「はあ？」と訊き返した。「どこででも用は足せますけど？」と言うのである。

　つまり人のいるところにはかならずトイレはあるし、いないところはすべてがトイレと化すわけなのだが、しかし、トイレのない場所というものは、ある。たとえば長距離バスである。

　バスの前方にテレビがついていて、後方にトイレがついている、というすばらしいバスは、日本ではふつうだが、異国では毎回お目にかかれるというわけではない。トイレがついていないのに十数時間走るバスもあるし、トイレがついているのに壊れているバス、というものもある。

　私は人よりトイレが近い。この体質のために、旅先で恐怖のどん底に落とされたことが今までに二回ある。

　一回はマレーシア。夜じゅう走る長距離バスだったのに、トイレが壊れていた。もちろんトイレにいこうとして、壊れているのだと知ったわけで、そのときすでに「トイレにいきたい度」は八〇くらいなのである。トイレのドアが開かないので、運転席までいき、「ドアが開きません」と運転手の背中に言うと、彼は前方を見据えたまま、何か叫んだ。「壊れているって」と、近くの席にいた青年が、英語になおしてくれた。「でも、いきたいんですけど」私は叱られている子どものようにしょんぼりと立ち、またしても運転手の背中につぶやいた。青年がそれを運転手に伝え、運転手が叫び、「トイレ休憩があるからそれまで待ってくれって」と訳す。

私は青年に通訳の礼を言い、とぼとぼと席に戻った。窓の外は夜。町の明かりはとうに背後に流れ、見えるのはひたすら真っ暗闇。トイレ休憩っていつなのかなあ。私は次第に心細くなり、それと正比例してトイレいきたい度もぐんぐん上がり、トイレ度一二〇を感じてまたもや席を立った。

「あの、我慢ができません」私はまた、運転手の背中につぶやいた。声がよほどせっぱ詰まっていたのだろう、運転手はこのときはじめてふりかえり、頼りなげな声で何か言った。「我慢できないの?」と言ったように聞こえた。「はい、限界です」私は日本語で答えた。泣きそうな顔だったと思う。運転手は必死に何か言い、さっきの青年が、「あと三〇分で休憩所に着くから、それまで我慢してくれって」と訳してくれた。

あと三〇分。一時間や二時間でなかったことに安堵しつつも、暗い気持ちで席に戻った。上体を小刻みに揺すって三〇分をやり過ごしていたところ、運転手はよほど私のことが（あるいはバスが汚されないか）心配だったらしく、数分おきにふりかえり、「あと二〇分くらいだ、我慢できるか」「あと一五分だ、我慢できるか」「まだだいじょうぶか」と大声で訊く。その都度青年が英語に訳す。

かくしてバスに乗っていた地元の人・英語を理解できる旅行者、つまりほとんど全員に、私がトイレにいきたくてたいへんなことになっていることが知れ渡った。けれどこのとき、トイレ度がぐんぐん上がり、頭のなかが真っ白になってきて、恥ずかしいと感じる余裕もなかった。「見えた、あれが休憩所だ！」運転手と青年は叫び、バスは休憩所にすべりこみ、乗降口が開いた。すると乗客全員が私をふりかえり、さあいってこい、早くいってこい、と身振りで示し、みな私が降りるのを待っている。内股でそろりそろりと通路を進み、よろよろとトイレに向かって歩いた（走れないのだ、こういうときは）。

　トイレ休憩と食事休憩がセットになっていたので、弁当を買い、屋外のテーブルで食べていると、先ほどの運転手、同じバスの乗客たちが、通り過ぎるたび私の肩をたたき、「間に合ったな！」「よかったねトイレにいけて！」と、満面の笑みで言っていくのである。このときようやく私は「恥」という感情を思い出した。弁当後、もう一度トイレにいってからバスに乗りこんだのは言うまでもない。

　もう一回はアイルランドの長距離バスである。このときは別の乗客が「トイレにいきたい」と運転手に言いにいき、「遅れているから止めることはできない。降りて次のバスを待ってくれ」と言われているのを聞き、私も歯を食いしばって我慢した。そのときすでに夜の九時だったし、いつ次のバスがくるかわからなかったから。このときは、「私以外にもトイレを我慢している人が、少なくともひとりはいる」と思ってがんばった。

体験したことのある人は、トイレのない長距離バスでトイレにいきたくなるということが、どのくらいの恐怖であるか、よく知っていると思う。しかし体験のない人には、これしきのことが、こんなに多大な恐怖になるとは露とも思わないだろう。しかもその恐怖は、用を足し終えても、無事目的地にたどり着いても、はたまた旅を終えても、なかなか消えない。私は今でも、トイレのないところでトイレにいきたくなることがおそろしく、ごくふつうの日常でも、三〇分ほどタクシーに乗る前にはしつこいほどトイレにいく。そのくらい、おそろしいトイレなのだ。

異国を旅するといろんなことに驚くが、よくよく考えれば、トイレ関係にいちばんびっくりさせられている気がする。

ところで、這々(ほうほう)の体(てい)でたどり着いた、そのトイレであるが、これがまた、国によってじつにさまざまである。

有名なところでは中国の溝トイレである。デパートの建ち並ぶ上海(シャンハイ)は南京路(ナンキンルー)の、公園内にある公衆トイレで私ははじめて出合った。鼻歌をうたいながらトイレに入って硬直した。個室がない。しゃがんだ女たちがみなこちら（入り口）を見ている。仕切りもない。溝トイレのことは話には聞いていたが、まさに百聞は一見にしかず、迫力が違う。しかしここで「嘘(うそ)ーっ」などと声をあげたり、用をすまさずトイレを出たりするのは、この国の人たちに対して失礼である。郷に入っては郷に従え。私はなんでもないふりをして空いているスペースに入り、溝にまたがり、用を足した。前には当然のことながら、女の人の尻があった。

そのずいぶんあとで、新疆（しんきょう）ウイグル自治区を旅したのだが、そのあたりでは溝トイレは見なかった。トイレはみな個室であった。だが、鍵（かぎ）を掛ける習慣がないらしく、ドアを開けると人が用を足している、ということがじつによくあった。開けられたほうは別段驚かない。「あ、入ってますよ」というような態度である。

ベトナムの、穴だけトイレ、というのもわりとびっくりした。トイレの近い私は、食堂や喫茶店や、ときには靴屋や乾物屋といったお店でもトイレを借りることがよくあるのだが、一〇個のうち四個は「穴だけトイレ」だった。狭い四角いコンクリートの部屋。何もない。あるのは水の入ったプラスチックの桶（おけ）のみ。座るもの、あるいはしゃがむもの、どちらの便器もない。足かけもない。ただその部屋の隅に、丸い穴が開いている。「えっ、きみがつまりは便器か！」と、言いたくなるような、奥ゆかしさで穴はひっそりとある。そこに向けて用を足し、桶の水で流す、というシステムらしい。

そういえば、タイでフェリーに乗ったときも、トイレにいったら便器の下に青々と海面が見えて、そのシンプルさに感動したことがある。

そしてその場所の変化というものを思い知らせるのも、トイレだったりする。一九九一年に旅したとき、タイのトイレは穴だけトイレが進化したかたち(個室に便器が埋めこまれ、水洗ではなく、桶の水で流す)だったのだが、その八年後、ほとんどのトイレが洋式の水洗型になっていた。田舎のドライブインで、久しぶりに埋めこみ型便器を見たのだが、なんと、二〇歳ぐらいの女の子たちが「きたなーい、入りたくなーい」と言って、入らないのを見かけた。その便器は旧式だったがまだ新しかったし、床に死んだ蛾が落ちていたがそれだけだったし、しかも水洗だったのだ。そのとき私は、この国は本当に変わり、これからも発展し続けていくのだろうと、妙に深く納得したのだった。

上海にも、もしかしたらもう溝トイレなんてないのかもしれない。ベトナムでも穴トイレに出合うことはもうできないのかもしれない。生活者には便利なことこの上ないが、しかし、どこもかしこも欧米型の水洗トイレになってしまっては、なんだか味気ないなあとも思う。

そういえば、私が子どものころは、日本だって立派に個性的なトイレであった。今の若い人たちに説明しても、あの形状、あのにおい、またがるときのあの淡い恐怖を、わかってもらえるかどうか自信はないが。

その国の辞書にない言葉

社交辞令という言葉がある。本音と建前ともいう。日本に引っ越してきた外国人のなかには、これを非常に嫌う人がいる。「日本は本音と建前の国だからわかりにくい」と言う。しかしながら、私は在日本の外国人にこう聞かされるたび、「？」と思っていた。日本人は社交辞令がうまいし、本音と建前のギャップも大きいのだろうが、でもどの国だって本音ばっかりしゃべっているわけではないし、社交辞令をいっさい言わないわけではない。そして何回か「本音と建前」と聞かされるうち、あることに気づいた。本音と建前と言い出す外国人には共通点がある。日本になんとなく興味があって、長い旅行のような気持ちで引っ越してきて、外国語教師などのアルバイトを得て暮らしはじめたものの、どうも日本は思ったような場所ではない、この国、なんか好きになれない、どこがってうまく言えないけど好きじゃないかも、と思いはじめたような人ばかりが、「ホンネとタテマエ」とそこだけ日本語で言う。

たぶん、「ホンネとタテマエ」は外国人向けの日本案内のような本に載っているのであろう。なんとなく日本社会とそりが合わない人が、この言葉を見つけ、「あー、だから嫌いなんだ私」と、救われるような気持ちで思うのではないかと、私は勝手に想像する。日本人は本音と建前の人たちだから……と言う外国人は、実際、数ヵ月後には自国に戻ったり、べつのアジアの国に旅立ったりしている。

社交辞令をまったく言わず、本音だけで話す人たちなんて、世のなか広しといえども、そうそうはいないと思う。その国ならではの社交辞令があり、その国ならではの本音と建前が存在しているのではないか。

ところが、である。社交辞令という言葉は、もしかしてこの国の辞書には載ってないのか？　と思った場所が一ヵ所だけある。台湾である。

二〇〇七年、ケーブルテレビの仕事で台湾を訪れた。台湾のテレビ制作会社と日本の制作会社が共同制作する旅番組の仕事だった。台湾に着いた日の夜、台湾側のスタッフとはじめて顔を合わせた。制作会社の女社長、そのおにいさんと弟、若いスタッフ二名とともに、食事をした。乾杯の後は酒を飲み干すのが礼儀らしく、食事中何度も乾杯があり、そのたび酒を飲み干しては注ぎ合う。私はだんだん頭がくらくらし出し、乾杯しても飲み干せなくなった。が、台湾側のスタッフたちは律儀にその都度飲み干していく。

さて、この席上で、日本側のスタッフのひとりの誕生日が、翌日であるということがわかった。

「じゃあ、明日はパーティーをしなくちゃね、バースデーケーキも用意しなくちゃ！」と女社長が言い、みんなたいそう酔っていたので、そうだそうだ、と手をたたいた。話の流れ的には冗談というか、社交辞令だとだれもが思っていた。

　翌日、夜の七時近くに仕事を終えると、台湾スタッフが「社長がカラオケの店を予約してくれたので、そこに向かう」と言う。はて、カラオケ？　夕食前にカラオケ？と首を傾げつつ、みな車に乗りこんだ。

　着いたのはお城のようなきらびやかな真新しいカラオケボックス。通されたのは小ホールくらいはあるだだっ広い部屋。台湾スタッフたちはメニュウをぱらぱらめくり、日本のカラオケボックスと同様に、電話で料理を頼んでいる。カラオケボックスの料理なんて、軽食くらいしかないのではないか、という私の予想はみごとにはずれ、野菜炒めふうのもの、海老が炒めてあるもの、肉が炒めてあるもの、唐揚げふうのもの、大根と豚肉の入ったスープ、おひつに入ったごはん、などが次々運ばれてくる。私たちは暗く広いカラオケボックスの一室で、テーブルを囲み、大皿に箸をのばし合って黙々と食事をした。きちんとおいしかった。

　食事が終わりみんなが歌いはじめたころ、馬鹿でかい箱を持った女社長が「お待たせ～」と登場し、「ハッピーバースデー！」と言いながら、箱を開けた。あらわれたのは巨大バースデーケーキ。彼女はいそいそと蠟燭をさし、火をつけ、カラオケマシンに誕生日の歌を入力し、部屋は「ハッピーバースデートゥーユー」の大合唱。

こ、これはまさにパーティー。これをやるために女社長はカラオケボックスを予約したのか……。そして堂々たるケーキの持ち込み。昨日の発言は、社交辞令ではなかったのだ。本気だったのだ。

ケーキ登場のあとも宴会は続き、昨夜と同じく乾杯がくり返され、しかも二〇人近くで乾杯乾杯と杯を空けていくのだから次々と紹興酒(しょうこうしゅ)の瓶が空き、しまいにはカラオケ店にはもう紹興酒のストックがないと言われてしまった。

「紹興酒、飲みたいわよね？」と女社長が訊(き)き、私を含む幾人かは「飲みたいけれど、ないならないでいい」というようなことを答えた。すると、若き台湾スタッフがさっと部屋を出ていき、トイレにでもいったのだろうと思っていたのだが、なんと数分後、彼は紹興酒を数本持ってあらわれたのである。どうやら、近くの酒屋で調達してきたらしい。

「どう、おいしい？」と女社長が訊くので、「ええ、すごくおいしい」と私は答えた。実際、さっきまで飲んでいたものより格段においしかったので、そのとおりを伝えた。

「そうでしょう？　これはどこどこ産ので、こっちのほうがおいしいの。明日、おみやげに持ってくるわね」と彼女はにこにこして言う。

このあたりで私は理解した。この人たちには社交辞令というものはないのである。

明日「持ってくる」と言ったら彼女は確実に持ってくるのであろう。あんまり軽々しくものを言わないようにしなければならない。この人たちは全身でそれを叶えてくれようとするのだから。

そして翌日、本当に彼女は紹興酒を手にロケ先にあらわれたのである。

軽々しくものを言ってはならぬ、と自分に言い聞かせていたのに、台湾スタッフと言葉を交わしていると、話の流れで「火鍋が好き」とか、「お茶を買うつもりだ」とか、ついつい言ってしまう。すると台湾スタッフはそれを覚えていて女社長に伝え、火鍋の店が予約され、ロケの合間にお茶の店に案内される。社交辞令がないばかりか、この人たちはとんでもなく記憶力がよく、酒の場で何気なく言ったことをきちんと覚えている。「そこに案内するわ」と言えば翌日には案内するし、「それ、持ってきてあげる」と言えば翌日には確実に持ってきてくれる。そのためならば仕事ですらも早く切り上げようとする。無理してやっているふうもない。押しつけがましくもない。

女社長がとくべつ善意の人なのかというと、そんなこともないのである。ある日公園でロケをしていたところ、日本スタッフのひとりがトイレにいきたくなり、公園内をぐるぐる歩いて公衆トイレをさがしたのだが、見つからない。通りがかりの老人に、トイレはどこかと身振り手振りで尋ねると、「このあたりにはないから、うちにこい、すぐそこだから」と老人は答え、「え、そんな」と驚いているスタッフを自分の家まで連れていってトイレを貸した、なんてこともあった。

世界各国には、まったく平気で他人に自分の時間を差し出したり、面倒を見てくれる人が数多くいるが、これほど徹底した社交辞令のなさにはお目にかかったことがない。これはもう、文化なのだと思う。

この取材旅行には、日本留学経験を持つ若いお嬢さんが通訳についてくれていた。すらりと背の高い、すばらしくスタイルのいい美人で、見とれるくらいてきぱきと働く。朝から晩までいっしょにいるので双方うち解けて、ある日の夕飯時、彼女は自分の恋愛について話し出した。彼女には別れても忘れられない元恋人がいるのだが、聞けば聞くほどこの元恋人がひどい男なのである。つまらないことで怒ったり怒鳴ったりし、別れたのにしょっちゅう連絡してきては自分の恋愛相談などをし、いいように彼女をふりまわしている。ひどい男じゃないの、と言うと、彼女も、そうなんだ、ひどい男なんだと大きくうなずく。

「そんな男、よくないよ。あなたはこんなに美人で、やさしくて仕事もできるんだから、とりあえずその男から目をそらして、ほかの男の人を見てごらん、あなたのことを好きにならない男なんていないと思う」と、彼女の話を聞いていた私と日本スタッフは口を揃えて言った。みんな本気でそう思っていたのだ。

「そうだよね、そのほうがいいよね」と真顔でうなずいていた彼女の目が、みるみるうちに涙でいっぱいになり、つーっと頬を伝いはじめたから仰天した。私たちは酒を飲んでいたが、彼女は飲んでいなかった。酔っぱらって泣いているわけではないのである。私たちはあわてて謝った。ごめんごめん、あなたの好きな人を悪く言うつもりはないの、ただつらい恋ならやめたほうがいいと言いたかっただけなの。

するると彼女は涙をぽたぽたと流しながら「違う違う、話していたら、どうしてこんなに好きなのに、好きになってもらえないのかと思って、かなしくてたまらなくなった」と、続けた。

私たちはしーんと沈黙して彼女を見つめてしまった。彼女には申し訳ないが、私はちょっと感動していた。この人の恋心にも、社交辞令や建前や表裏の類はいっさいないのだな、と思ったのである。だめ男は世界じゅうにいるし、どうしようもない恋だってきっと世界じゅうにある。でもこんなにも素直に、敗北宣言のように「好き」を認め、なおかつそのまま口にできる女の子はそうそういない、と思ったのである。

人がいれば酒がある

私の旅した国のどこにでも、その国名産の酒があった。国民酒みたいなものだ。安くて、強くて、都会ではそうでもないけれど、地方ではかならず老いも若きもそれを飲んでいる。

たとえばギリシャだったらウゾー。透明な蒸留酒で、セリ科の植物であるアニスの香りがつけられている。この無色透明の酒をグラスに入れ、そこに水を注ぐと一瞬で白濁する。アテネでは、若い人がこの酒を飲んでいる姿はあまり見かけなかったけれど、地方の食堂ではたいていの客の前に、この白濁した液体がある。アルコール度数は強いが、癖がないから飲みやすく、気づかぬくらいの微々たる甘さがある。アニスの香りで口当たりがさっぱりしているから、気がつけば泥酔しているコワイ酒である。

タイでは今やビールが主流のようだが、一昔前はビールは贅沢品で、メコンウイスキーがよく飲まれていた。米を原料につくられる、ウイスキーというよりは焼酎のようだが、たいへんに安かった。町で見かける男たちは、ストレートのメコンウイスキーとチェイサーの水を交互に飲んでいた。この酒もまた非常に強く、さらに独特のにおいがある。この酒にはまる人はこのにおいにもはまるのだろうが、私にはなんだか、子どものころに飲まされた風邪薬のにおいに思え、この酒が苦手だった。きんきんに冷えたコカ・コーラで割って、やっとおいしく飲める程度であった。

お隣ラオスにはラオラオという焼酎がある。ラオスの酒、というような意味らしい。私はこの酒のことを鶏を焼く屋台で知った。先客たちは鶏をつつきながら、透明のコップ酒を飲んでいる。それ、何？　と身振りで訊くと、飲め、飲めと勧められた。氷や水で割ったりせず、ストレートで飲むのが一般的なようである。においにも味にも癖がない。冷えてもいないので、最初はおいしいのかおいしくないのか、よくわからなかったが、屋外で鶏をむさぼり食いながら杯を重ねるうちに、止まらなくなった。勧められるままがんがん飲んで帰り、翌日目を覚ますと、目が開けづらいほど目やにがびっしりついていた。これはまったく個人的な傾向だと思うが、私は乙類焼酎を大量に飲むと、翌日ぎょっとするほど目やにが出る。ということはたぶん、ラオラオは乙類焼酎に分類されるのだろう。

韓国では韓国焼酎が主流だった。私が韓国を旅したときは、東京の韓国料理屋でもマッコリは市販品としてさほど一般的ではなかった。当時よくいっていた新宿の韓国料理屋では、マッコリを注文するとビール瓶に入って出てきた。その店の人が独自につくっているマッコリだったのだ。私はこのマッコリが大好きで、韓国で居酒屋や食堂にいくたび、マッコリマッコリと言っていたのだが、なかなかお目にかかれない。どこかの店で、マッコリなんておじいちゃんの飲むものだと教えられた。若い人は飲まないから、あんまり置いていないのだと。たしかに、おみやげ用にマッコリをさがしたがなかなか見つからず、ずいぶん古びた酒屋でようやく瓶入りマッコリを買うことができた。最近では東京でもかんたんにパック入りマッコリを買うことができる。本場韓国でも、いったん廃れかけたマッコリだが、今はもう立派に復活しているのではなかろうか。

モンゴルでは馬乳酒（ばにゅうしゅ）。首都ウランバートルを離れ、ゲルが点在するだけの途方もない大地を車で走る。ゲルの多いあたりには、ビーチパラソルをさし、その下に座って商売をする人がいる。ポリタンクやペットボトルに入った自家製馬乳酒を売っているのである。私はこのとき、運転手さんと若い女性の通訳兼ガイドさんと三人で旅していたのだが、途中、運転手さんが車を止めて大量の馬乳酒を買いこんだ。

その日は宿泊施設になっているゲルに泊まった。早めの夕食を終えると、酒を飲もうと運転手さんが言い、ゲルの外にテーブルを用意し、昼間道ばたで買った馬乳酒とグラスを並べる。つまみなし、チェイサーなしで、私たちは馬乳酒を注ぎ合って飲んだ。遥か彼方、視界の届くかぎりまで、人工物は何もない。ところどころ草の生えた剝（む）き出しの大地である。遠く、線を引いたように川がある。夕日が剝き出しの大地を撫でさするようにして沈んでいく。馬乳酒は、甘みのないカルピスサワーに、獣の毛を漬けこんだような味がする。最初はその「獣の毛を漬けこんだ」ような風味に、「う」となるが、飲み続けていればそれがちょうどよいスパイスのように感じられてくる。何もない大地から吹く風、ゆっくりと灰色に暮れていく空、獣くさいつくりたての馬乳酒。贅沢な時間であり贅沢な酒だった。

翌朝、近くの寺を見に三人で出かけたのだが、それこそあたりにはゲルすらない剝き出しの大草原の、ところどころに人が突っ伏している。うつぶせだったり、大の字だったり。「ちょっと、あの人たち、どうしたんだろう、だいじょうぶなんだろうか」思わずガイドの女の子に訊くと、「馬乳酒飲んで酔っぱらって寝ているだけです」との答えである。なんと大陸的な酔っぱらいかただろうと、感動した。

キューバのモヒートもすばらしい。グラスにミントの葉をぎゅううううっと入れ、砂糖とライムを加え、すりこぎ状のものでがりがり潰す。そこにホワイトラム、炭酸水を注ぎ、氷を入れる。さっぱりしていてほんのり甘くて、ジュースのように飲めてしまう。が、ウゾーやラオラオのように次第に酔うということがなく、飲んだそばから蒸発していってしまうような軽やかさがある。午前中からモヒート、暑い町なかを歩いて疲れたらモヒート、昼食にもモヒート、夕焼けを見ながらモヒート、夜更けにホテルの庭でモヒート、とキューバに滞在中はモヒートばかり飲んでいた。キューバの酒好きは強者（つわもの）で、若い男の子たちはラムの瓶を片手に、ラッパ飲みしながら町を歩いていた。私はあまりにもモヒートに心酔したために、帰国後、さっそくつくってみたのだが、ちっともおいしくない。バーでモヒートという文字を見つけると注文したりもしていたが、どうもあの軽やかさが感じられない。

これは何もモヒートだけにかぎったことではない。その場所でよく飲まれている国民酒というものには、それができあがったその土地の個性が関わっている。晴れの日が多いのか雨の日が多いのか、暑いのか寒いのか、乾いているか湿気が強いか、はたまた人々は、屋外で飲むことが多いのか否か。その土地のさまざまな要因が絡み合ってひとつの酒をつくる。だから、その場所で飲まないと、その酒の本当の魅力というのは発揮されない。暑く乾燥した土地で飲むには、色の薄いビールがおいしいが、日本に戻ってくるとどうももの足りない。また、天気の一定しないアイルランドで飲むギネスはもっちりとしておいしいが、日本ではどうも重すぎる。旅先で飲み、気に入っておみやげ用に持ち帰り、日本で飲んで「あれ？」という経験を持つ人も、多いのではないか。

その土地で飲まれている酒には、その酒でなくてはならなかったいくつもの必然がある。そう考えると、なんだか途方もないような気持ちになる。酒というもの、その酒をつくりだした人というものへの、敬意を感じずにはいられない。

酒を飲まないことになっている国というのも、世のなかには多い。ほとんどの国民がイスラム教徒であるモロッコでは、建前上、酒は飲まない。旅行者向けのカフェやレストランにはふつうに酒類はあるが、町の人で混む食堂や軽食屋に、まず酒は置いていない。夕飯と酒が分かちがたくセットになってしまっている私にとって、これはなかなかつらかった。旅行者向けのレストランより、その町の人の集う食堂のほうが絶対的においしいのだ。でも、そこには酒はない。だから、日暮れどき、ちょっと洒落たカフェにいく（外国人向けの店というのは、たいていどの国でも洒落ているのはなぜだろう）。そこでビールを一杯飲み、気分を落ち着かせてから夕食にいく。夕食のあいだは水かミント茶。食べ終えてまたカフェにいき、ビールでしめる、という具合。まことにやっかいだが、酒がまったく存在しないわけではないのだから、慣れれば平気になってくる。

ではモロッコの人はまったく酒を飲まないかというと、そんなこともなかった。都会でも田舎でも、町に奇妙な店がある。入り口のドアは開け放たれているが、ビニールやビーズの暖簾（のれん）がかかり、内部が見えない。何屋なのか、前を通っただけではわからない。どことなく怪しげで、風俗店のようなものだろうかと思っていた。あるとき知り合いになった男の子に訊いて、ようやく謎（なぞ）が解けた。それこそまさしく、彼ら用のバーなのである。

酒を飲んではいけないという戒律のもとに暮らしているのだから、おもてにテーブルが並んでいたり、窓ガラスからなかが見えたりするカフェやレストランで、酒を飲むわけにはいかないのである。暖簾が内部をしっかり隠す安全な場所で、こっそり飲まなくてはならない。興味を持って、こわごわ、そういう一軒に入ってみた。入ってみれば、たんなる飲み屋である。カウンターがありテーブルがありモロッコ音楽がかかり、男たちがピーナッツかなんか食べながらたのしげに酒を飲んでいる。

でも、本当は飲んじゃいけないのに、どうして飲んでしまうんだろう、と、そのバーについて教えてくれた男の子に訊いた。自身もこっそり酒を飲むという彼は、「つまりさ」と、得意げに言った。「神さまの世界って、ここなんだよ」と片手を持ち上げ頭の上に掲げる。「そんで、ぼくらの生活はここってことなんだよ」と、もう一方の片手をテーブルに置く。天上の暮らしと地上の暮らしと言いたいらしい。地上の暮らしは、ときには飲まなきゃやっていられないこともある、とでも言いたいらしい。彼の言うことは、本当にはわからなかったが、ふうん、なるほどね、とだけ答えておいた。つまるところ、理屈じゃなくて、やっぱり酒はおいしいってことだ。

何がいちばんおいしかったか？

旅先で食べたもので、いちばんおいしかったものは何か、とよく訊かれる。しかしなかなかその答えが思いつかない。あんまりにも思いつかないので、もしかして、私は旅先でおいしいものを食べていないのではないかと不安になってくるほどだ。

旅の食事で覚えているのは、私の場合、おいしかったものではなくて、印象深かったものだ。

たとえば、ポルトガルの、海沿いのちいさな町を訪れたときのこと。このとき、私はモロッコを旅していて、ポルトガルへいくつもりなど毛頭なかった。ところがモロッコの旅、三週間目に急にモロッコ的なものすべてに飽きて、海を渡り、スペインを抜け、ポルトガルまでいったのである。なんの予備知識も持たないまま。

ポルトガルに着いたときは感動した。海を渡って道を進めば、こんなふうにポルトガルにたどり着くんだ、と思った。

ところが、ガイドブックも地図もない。もっとも困ったのは食事。その町は都会ではなく、英語のメニュウのあるレストランも食堂もまずない。店に入ってほかの人の食べているものを指さすか、ポルトガル語メニュウをにらみ、勘で頼むしかない。

三日ほど滞在するあいだに、私は「牛肉」「米」「魚介」など、食べもの名ばかりかろうじて覚えた。そして明日はモロッコに戻ろうという最終日、今日こそはぜったいに自分の食べたいものをメニュウから見つけだして注文するぞと意気込んでホテルを出た。

海沿いのレストランの、おもてに貼り出されたメニュウをじっくり読み、arroz（米）とmarinhos（海の）がセットになった単語を見つけ、これはつまり海の幸のピラフだかリゾットだろうと理解し、理解したことにほくほくしながらテーブルに着いた。注文をとりにきた陽気なおやじに、「アロース、マリニョス！」と、意気揚々と私は叫んだ。おやじは、アロース、マリニョス、と念を押すように幾度も確認し、笑顔で店の奥へとひっこんだ。

数分後、おやじは得意顔であらわれた。片手には山盛りの白いごはん、片手には山盛りの茹(ゆ)でた海老。たしかに米と海の幸であるが、混ざっていない。混ざっていない！「ほい、アロース、そしてマリニョス！」と、得意顔のままテーブルに並べるおやじに、私は白ワインの絵を描いて注文し、ワインを飲みながらやけくそ気味で海老を食べ、ごはんを食べた。塩茹でされただけの海老と白いごはんはまったく合わなかった。しかもその量が半端でない。食べても食べてもなくならない。おいしいのかおいしくないのかもわからない。泣きたくなった。

てんこ盛りの焼き茄子（なす）に辟易（へきえき）した記憶もある。イタリアを旅したときだ。連日の暴飲暴食で、胃の痛かった私は、あるレストランで、前菜に生ハムを、メイン料理に何か野菜料理を、とお願いした。野菜のグリルか何か、あるだろうと思ったのである。注文は伝わったようだった。

前菜にはちゃんと生ハムが出てきた。おいしかった。そしてその皿が下げられ、けっこうな時間待たされた挙げ句、スライスして焼いた茄子が、どーんと皿にのって出てきた。しかもこのスライス、いったいどんな茄子なんだと思うほど、でかい。隣のテーブルの家族連れが、もの珍しげに見ている。時間がかかったのは、メニュウに野菜料理がなく、わざわざ作ってくれたからだろう。この茄子も、食べても食べてもなくならない。あれもけっこうつらかった。

覚えているのは、こういうような食事ばかりなのである。

去年（二〇〇七年）、メキシコを旅したのだが、ここでも食事にはほとほと困らされた。たいていのレストランにはスペイン語のメニュウしかないか、もしくはメニュウ自体がない。私はまったくスペイン語を解さない。そして、私は豆が苦手で、メキシコ料理には豆が多用される。できれば豆ではない料理を食べたい。かくして読めないメニュウと格闘することになる。

旅をはじめて一週間後、またしても私は一言のスペイン語も話せないまま、肉の種類だけ、判別できるようになった。polloは鶏肉。vacaは牛肉。puercoは豚。asadoは焼いた肉。bistecはステーキ、といった具合である。私は野菜や魚より肉を好んで食すので、肉だけ読めるようになったのだろう。食問題が絡むと、人は天才的な語学能力を発揮するらしい。

ところが勝手なもので、いかに肉が好きといえども、毎日毎日肉ばかりだと飽きてくる。そして、読めないメニュウの料理が、なんだかすばらしいものに思えてくる。旅が続くにつれて、次第に冒険したい気持ちがむくむくとわいてきて、読めもしないメニュウを指さして注文するようになった。成功もあったし失敗もあった。成功はスープや海老料理、失敗は豆だらけの料理。成功するたび、私はその単語をノートに書き留めた。私のノートの片隅には、おいしかった料理の名前ばかりが書き連ねられた。cecina（唐辛子に漬けた肉）、chalupa（焼きチーズのような料理）、crema de calabaza（カボチャのスープ）、menudo（内臓）、sopa de tortilla（トルティージャ入りスープ）、などなどである。

私は食事にいくたびにこのノートを持ち歩き、メニュウを見ずにノートを広げ、お店の人に見せて単語を指さした。

ところが、である。ほとんどの店に、私が指さすどの料理もない。しかたなく、またメニュウとにらめっこし、結局知っている単語があればそれを注文する羽目になる。そして毎回肉料理になる。

なぜだろう、と考えるまでもなく、すぐにその理由は推測できた。たとえば東京で、定食屋にいって「お好み焼き」と注文しても、メニュウにはない。うどん屋にいって「ハンバーガー」と言っても、ない。パスタ屋にいって「蕎麦（そば）」と言っても、ない。私がやっていることは、つまりそういうことなのではないか。メキシコのレストランは、傍目（はため）にはそういったこまかい区分け（蕎麦屋、うどん屋、お好み焼き屋、といったような）はないように見受けられるが、じつは「○○地方の郷土料理の店」だったり「牛肉料理専門店」などに分かれていて、私はそういった特殊料理をメモしていたのではないか。

私のノートは単語ばかりが増え続け、でも活用されることは滅多になく、結局、肉、肉、肉、ときどき冒険、肉、みたいな食事になった。

ある日、私は猛烈に喉（のど）が渇いていた。そして食欲がなかった。ちょうど昼時間だったので、カフェを兼ねたレストランに入り、ビールとトルティージャ入りのスープを注文し、食後にカフェオレがほしいと伝えた。ビールも、ノートに書き記したスープ名も、カフェオレも、単語としてお店の人に伝わったはずなのに、お店の人は何か熱心に話しかけてくる。「食後に」というのが伝わっていないのだなと思い、じゃぜんぶいっしょでいい、と手振りで示すが、まだ何か言い募っている。ぽかんとしていると、彼は店を出て、隣の店の店員を連れてきた。ところがこの店員も英語を解さず、スペイン語でばかり話しかけてくる。そして二人揃って、私が口にした注文を確認するようにくり返し、それでいいのか、と訊くのである。

いいのだ、セルベッサ、ソパデトルティージャ、カフェコンレーチェ、オーケーオーケー。私は幾度も言わねばならなかった。

何か間違ったのだろうか、どんな料理が出てくるのだろうか……。どきどきしながら席で待っていると、ちゃんと注文したとおり、ビールと、トルティージャ入りスープと、カフェオレが出てきた。なーんだ、伝わっているじゃん。私はビールを飲み干し、スープを飲み、ぬるくなったカフェオレを飲んだ。勘定をすませ店を出ようとすると、さっきの店員が、腹をさすりながら何か話しかけてくる。そのときようやく、私はさっき彼らが何を言わんとしていたか、理解した。「ぜんぶ水分だけど、それでいいの?」と、彼らは訊きたかったようである。そして今、店を出ていく私に店員は、「おなかたぷんたぷんじゃない?」と訊いているのである。だいじょうぶだいじょうぶ、とうなずいて店を出ると、隣の店の店員もまた私を呼び止め、おなかはだいじょうぶか、と身振りで示した。

歩いていたら笑えてきた。たしかに、ビールにスープにカフェオレなんて、液体ばっかり異国の女が頼んだら、それでいいのかと心配にもなるだろう。この人、何もわからずに注文しているのでは、と思ってしまうだろう。

メニュウとの格闘に疲れ果てると、屋台やタコス屋で食事をした。バゲットのようなパンを真ん中で切り、かりかりに焼いた豚肉や鶏肉と野菜、ハラペーニョを詰めたサンドイッチや、挽肉(ひきにく)と玉葱(たまねぎ)をたっぷり挟んだタコスは、どこで食べても失敗がなく、驚くほどおいしかった。それでもやっぱり、メキシコのごはんでいちばんに思い出すのは、ぺろりと平らげてしまったステーキでもなく、数々の屋台の名品でもなく、とくべつおいしくもなかったビールとスープとカフェオレなのである。

それにしても、異国へ旅に出て、私がまず覚えるのは「ありがとう」と「こんにちは」、その次はたいてい、料理名である。今まで旅した国の、「ありがとう」も「こんにちは」も忘れている場合が多いが、しかし料理名は不思議と忘れない。

昨年のこのメキシコ旅行、私は「こんにちは」すら言えなかったのだが、「セルベッサ、ポルファボール（ビールください）」だけは、なぜか、ぱっと出てきた。一五年前に旅したスペインの記憶である。

旅はいつからはじまっているのか

旅行、とくに異国の旅にはしょっちゅう出ているので、旅慣れてもよさそうなものだと思うが、私はまったく旅慣れることができない。

まず、旅支度がとことん苦手である。苦手だから旅の直前まで放っておいて、前日にあわてて荷造りをする。すると今度は何が必要で何が不必要かわからなくなる。暑い場所だから夏服でいいや、でも寒い夜もあるだろうから長袖（ながそで）を一枚、日焼け止めもあったほうがいいし、携帯電話やカメラの充電器も必要だ……などとやっていると、鞄（かばん）がどんどん重くなる。それがキャスターつきのスーツケースであっても、重い荷物がとことん嫌いな私は、そこでもう何もかもがいやになる。

いいや、もう、現地で買えば。パスポートと現金さえあればなんとかなるよ。そんなふうな気持ちになってしまい、鞄に入れたものを取り出したりする。

数年前、友人とビーチリゾートを旅したとき、「Tシャツがくさいよ」と注意を受けたことがある。暑い場所にいくのに、私はTシャツ一枚しか持っていなかったのである。「どうして単行本を三冊も持っているのに、Tシャツは一枚しか持っていないの？」と、友人は呆れ顔で言い、自分のTシャツを貸してくれた。それでようやく、くさいTシャツを洗うことができた。

下着も最小限しか持っていかないので、毎日ホテルの風呂で洗濯することになる。今では、異国で「旅をしているなあ」と実感するのは、風呂場で下着を洗っているときになってしまった。

そして旅の直前、急に旅立つことがこわくなるのも旅慣れていない証拠だと思う。いく場所がどこであれ、こわくなる。もの盗りに遭うのではないか、事故に遭うのではないか、すごくこわい目に遭うのではないかとざわざわと不安になる。旅のために買っておいたガイドブックの、地図や観光案内などはいっさい見ないのに、「よくある犯罪の手口」というページだけ、熟読する。諳じてしまうほど熱心に。そうしながら、ああ、私って旅慣れていないなあ、と思うのだ。

私は旅立つ前に、どこに泊まるとか、どの町からどの町へ移動するとか、そういったことをいっさい考えない。ただその地にいって、その場で泊まる場所を決め、その場で次に移動する町を決める。この行き当たりばったり方式を、ときに「旅慣れている」と言ってくれる人がいるが、それは大いなる勘違いで、ただ単にそういう予習的なことができないだけである。たまには計画的な旅をしようと、旅立つ前にガイドブックをぱらぱらめくったりもするが、しかし町の名前も町の特徴も、まるで苦手科目の試験勉強みたいにまったく頭に入らない。そして気がつけば、またしても「よくある犯罪の手口」に見入っている。

旅はいつからはじまっているのか、と考えることがある。人によってさまざまな考えがあるようだ。旅にいこうと決めた時点から旅だ、という人もいるし、旅の準備をはじめたところからすでに旅だ、という人もいる。

どこかに移動する前、旅の計画や旅の準備からすでに旅だとするならば、私にとって旅というのは、半分くらい苦行である。ならばどうして旅にいくのか、と自身に問わねばならなくなるほどの、つらい作業である。

仕事の旅のときはたいてい数人でいく。少ないときで三人、多いときで一〇人くらい。仕事相手の人と旅をすると、世のなかには本当に旅慣れた人がいるんだなあと感心する。

旅慣れた人は持ちものが違う。まるで予知能力があるみたいに、必要なものはなんでも鞄に入っている。私は幾度もそういう人に助けられてきた。夜はぐんと冷えこむ町で、半袖シャツでがたがた震えている私に、ストールを貸してくれるのはそういう人だ。目覚まし時計を忘れた私に、「二個持ってるからひとつあげる」と言ってくれるのはそういう人だ。蚊に刺された箇所に、必死になって爪(つめ)でばってんを描いている私に、虫刺され薬を差し出してくれるのはそういう人だ。そういう人は、きちんとしたレストランにはそれなりの格好で赴くし、海辺ならばビーチサンダルをはくし、ホテルの部屋では携帯スリッパをはき部屋着に着替える。旅慣れない私は、ジーンズを恥ずかしがりながらきちんとしたレストランにいき、海辺で靴に入った砂をざーっと出し、ホテルの部屋では裸足(はだし)にTシャツ一枚でいる。

そんなにいろいろ持っているのに、旅慣れた人の荷物はさほど大きくない。私にしてみれば、その大きくない荷物から、薬やストールや二個もの目覚ましや、それなりの服やビーチサンダルや部屋着が出てくるのが不思議でたまらない。ドラえもんに見える。

そして旅慣れた人は、やっぱり私のようにはこわがらないのである。「この町ではこういう犯罪があるんだって」と教えてあげても、「よほど運が悪くないかぎり、そんな目には遭わないでしょうよ」と平気で言う。国内移動のために乗った飛行機が大揺れして、「墜落するかも」と震え声で訴えても、旅慣れた人は「どうせ落ちるのなら帰り道がいいわね」などと、笑顔で言う。

旅慣れた人ってすてきだなあといつも思う。こういう人に私もいつかなれるだろうかと思う。なれないまま、歳(よわい)を重ねているのだが。

ではは私にとって「旅がはじまった」と思えるのはいつかと言えば、旅をはじめて三日目か四日目くらいである。

まったく見知らぬ土地に着く。空港を出た時点からこわい。諳じるほど読んだ「犯罪の手口」が頭のなかを駆けめぐる。夜だと、なおのことこわい。タクシーに乗っても、バスに乗っても、どこか山奥に連れていかれて身ぐるみはがれるのではないかと緊張している。無事に中心街に着き、ホテルを見つけてチェックインしても、まだこわい。町に出ていくのがこわい。何かとんでもない災難が待っているようでこわい。でも部屋のなかでじっとしているわけにはいかないから、おそるおそるホテルを出、町を歩く。歩いている人全員が、よからぬ企み（たくらみ）を持った人に見える。警戒しながらそろそろと町を歩く。何度も迷う。迷うこともまた、こわい。路地で地図をぐるぐるまわして正しい道をさがす。ホテルに帰り着くころには、ぐったりと疲れている。

旅先に着いて二、三日、私はそんな状態で過ごす。三日目か四日目に、ようやく町の全体像が見えてくる。ごはんのおいしい店、気軽に酒が飲める店が見つかる。ホテルまでの帰り道も迷うことがなくなる。町を歩く人々は、企みなどべつだん持ってもいないどころか、一介の旅行者などに興味を持っていないことがわかる。道を訊（き）けば教えてくれるとわかる。出発前の緊張や不安がゆっくりほどけていく。

そのとき、町がやけに立体的に見えるのである。そこがだれかの生活の場であり、見知らぬ場所だけれど私の暮らす町と基本的には同じであると理解したとたん、光景が生き生きと立ち上がってくる。路地をただ歩くだけで、指の先までわくわくしてくる。このときだ、私の旅がはじまるのは。

旅がはじまると、俄然たのしくなってくる。いったい何をあれほどこわがったのかと不思議になる。次はどこの町にいこうかとガイドブックをめくるのもたのしい。あれほど頭に入らなかった地図や地名が、旅先のホテルだとすらすら入ってきて、興味が激しく喚起される。

日焼け止めを忘れても、目覚まし時計を忘れても、長袖の衣類を忘れても、一枚しかないシャツがくさくなっても、なんとかなるさ、と思う。実際たいていの場合、なんとかなるのだ。旅のはじまりを実感したときの私は、いちばんパワーとエネルギーにあふれている。

私は列車の乗り換えや時刻表を調べるのが大の苦手で、そんなところも旅慣れていないなと思うのだが、しかしこのときばかりは、人格が変わったかと思うくらい張り切って調べ、「ここにいきたい」と思った場所にどうにかして出向いていく。かつてギリシャのロードス島から、奇岩の上に修道院の建つメテオラまで、列車・飛行機・バスを乗り継いで移動したことがあるのだが、今思い出しても、どのようにそれらを手配し、なんという町を経由してメテオラにたどり着いたのか、まったく思い出せない。火事場の馬鹿力ならぬ、旅はじめの馬鹿力のようなものである。

旅の計画の段階からどきどきわくわくしている人に比べたら、私はずいぶんな愚図で、もったいないことをしているなとも思う。せめて異国の町に着いたときから旅のはじまりを実感できればいいのに、と思うのだが、幾度旅しても、そうはできない。こういうのを、性分というのだろう。

旅がはじまった、と実感してからの私の旅が、では順調かというと、やっぱりそんなこともない。パワーとエネルギーに満ちあふれるのはそのときだけで、以降、苦手な乗り継ぎや時刻調べに四苦八苦し、それなのに幾度も失敗をし、どうにも旅慣れない自分にまたしても対面することになる。

旅から帰ってきて思うのは、まず「疲れた」ということ。充実したとか、リフレッシュしたとか、存分にたのしんだとか、そういった肯定的な感想は出てこず、「疲れた」のみ。慣れないことをやっているから疲れるのだ。

じゃあなんで旅に出るの？ と、人にはよく訊かれるが、たぶん、あの旅がはじまったときの開放的な、目覚めのような瞬間が、慣れない幾多のことを遥かに上まわって魅力的だからだ。そしてその終わった旅のよさというのは、疲れが抜けきってからようやくじわじわとあらわれてくる。ときどき、旅から帰って半年後、「すばらしい旅だった」と思うこともある。旅のはじまりも遅いが、旅の終わりもまた、私はうんと遅いようである。

好きになる、という幸福

先だって、仕事で一週間、中国にいった。北京と上海である。北京ははじめて、上海は一〇年前、一九九八年に一度いったことがある。

私の中国にたいするイメージは、あんまりよくない。一〇年前のたった数日の上海体験が、なんというか、あまりにも陰惨だったのである。ものを売るすべての人はぜったいに笑わない。何か買っても礼の言葉も言わない。ときには釣りを投げて寄こす。しゃがみこんで釣りを拾うあの屈辱。屋台や雑貨店で、英語で話しかけようものなら、なぜか売り手はとたんに不機嫌になる。不機嫌になって中国語で怒鳴るように何か言う。意味もなく叱られているようなあの理不尽。バス停も電車乗り場も、人でごった返していて、バスや電車がくると大混乱になる。押しくらまんじゅうのごとく人は乗車口に押し寄せるのである。

にぎやかで華やかなのは南京路だけで、まるで香港や東京がその一角だけ出現したかのような異質な感じがするが、南京路のデパートの店員だって、対応はそのほかの店と同じ、話しかけると迷惑そうだし、ものを買ってもまず、礼は言わない。

公衆トイレにはドアも壁もなかった。水がちょろちょろ流れる一本の溝をまたいでしゃがみ、前の人の尻を見ながら用を足す。往来を歩いているとどこからともなく痰が飛んできた。浴びせかけようと思っているのでないことは理解できるが、しかし驚きのあまりよけたりすると、逆にスニーカーに直撃してくる（痰を吐く人はちゃんと人にかからないよう計算しているので、下手に動かないほうがいいのである）。

そんな上海をひとり旅していて、私はたいそう孤独であった。しかも季節は冬。しんしんと寒い町を歩き、だれの笑顔も見られず、英語で何か尋ねて怒鳴られ、釣りをしゃがんで拾い、押しくらまんじゅうに負けてバスに乗れず、見知らぬ女たちと一列に並んで用を足した。上海の人が意地悪でそうしているのではないことはわかった。ただ、彼らはごくふつうにしているだけなのだ。それに親切な人だっていた。ていねいに道を教えてくれた果物屋のおばさんとか、ひとりでは食べきれなかった料理を包んでくれたお店のおねえさんとか。もちろん彼女たちもにこりともしなかったのだけれど。

たぶん、ここを再訪することはもうないだろうなあ。上海から帰るとき、私は漠然とそう思っていた。あんまりにも孤独だったし、いろんなことがしんどかったから。

だから仕事で北京と上海に一週間ずついくことが決まったとき、私がまず思ったのは「あの笑わない人たちのところに、またいくことになるとは」ということだった。

成田から北京まではたった三時間。入国審査を終えて外に出ると、あたりは霧がかかったように真っ白。霧ではなくスモッグだと聞いてびっくりした。太陽が昼間の月のように見える。ぼんやりと白く染まった町を車でホテルに向かう。道路も馬鹿でかく、建物も馬鹿でかい。すべて横に馬鹿でかいので、空までも馬鹿でかく、上海しか知らない私にとってはその馬鹿でかさがめずらしくてしかたがない。馬鹿でかい町がうっすらと白く染まっている光景というのは、たいへん幻想的だが、しかしその正体がスモッグだと知ると不安になってくる。この町に暮らす人はみんなだいじょうぶなんだろうか……。

何しろはじめての北京なので、以前と比べようもないが、けれどたしかに建物は新しく、オリンピック前とはずいぶん違うんだろうなあと思わせられる。

ホテルでチェックインをすませ、部屋で荷物の到着を待った。荷物を運んできたスタッフに「謝謝（シェシェ）」と伝えると、なんと彼はにっこりと笑い「不客气（ブーカーチー）（どういたしまして）」と言うではないか！

はて、北京オリンピックが変えたのは町の様子だけではないのか。いやいや、このホテルが格別いいのだ、あのスタッフが格別いい人なのだ。期待しすぎないように私は気持ちを引き締めて、そんなことを思う。

ところが、その夜食事にいったレストランの従業員たちも、じつによく笑う。みんな女の子なのだが、通訳を通じて何か話しかければ笑顔で答え、ときに笑い転げたりする。白酒(パイチュウ)をついでくれたので「謝謝」というと「不客气」と笑顔で答える。食事を終えて帰るときには「謝謝！」とまた笑顔。その笑顔が、なんというかじつに生き生きしている。

その後私は立て続けに笑顔の人に会った。レストラン、喫茶店、雑貨屋、ホテルのビジネスセンター。みんなにこにこ笑って「謝謝」と言ってくれる。若い男女が多かった。彼らは営業スマイルではない、本当にいい笑顔を見せてくれるのだ。

とある一軒でだけ、私たちのテーブルについた従業員の女性が、むっつりしたままだった。追加注文をするため手を上げると、しぶしぶ、という言葉の体現と化してやってくる。メニュウを決めかねてああでもないこうでもないと言っていると、(さっさと決めろよ)とでも言いたげに、眉間(みけん)にしわを寄せてあらぬ方向を見ている。ふだんなら、なんとはなしにこちらもいやな気分になるのだが、このときばかりはなつかしさのあまり、感動しそうになった。「そうそう、そうだったんだよ、ひと昔前までこうだった、あなたの反応は正しい！」と心のなかで叫びたくなったほどだ。

北京を出発する朝、ホテルの前で車の到着を待っていたところ、ドアボーイの男の子が中国語で話しかけてきた。「中国語、わからないんです」と英語で言うと、うーん、と考えたあと、

「どこからきた？」と片言の英語で訊いてくる。

「日本、東京」と答えると、にっこりと笑い、

「ああ、日本か、東京か」と、うなずいている。「北京はどこにいった？　印象は?」

一生懸命英語をさがしながら、話しかけてくる。私も同様に英語をさがしながら答え、

「北京生まれ？」と訊くと、北京から二時間ほどかかる町で生まれ育ったと言う。働くために北京にきたのだ。

「今日はどこにいくの？」と彼が訊くので、

「今日、上海にいくんです。上海にはいったことある？」と、訊き返した。すると、ない、との答え。やっぱり中国は広い。北京から上海にいくのだってたいへんなのだろう。彼は続けて言った。

「上海どころか、ぼくは外国にもいったことがないんだ。いってみたいところが、三つある。アメリカと、イギリスと、それから日本だ」そして照れたように笑う。

「何歳？」私は思わず訊いた。「当ててみて」と彼。

「二七歳？」

「おしい、二八歳だよ」

そこまで話したとき、同僚が彼を呼びにきて、私たちは手をふって別れた。ごく短いあいだ彼と話して、なんというのか、彼の体に詰まった希望がこちらにびんびん伝

わってきた。二八歳の若い希望。それで、あ、と思った。北京で受けたいくつもの気持ちのいい笑顔、あれは希望の顔だったのだなと。

時代と町ががんがん変わっていくなかで、少し離れた土地から体を希望でぱんぱんにして大都市北京にやってきて、その変化を全身で感じながら暮らしていて、その感じることのできる変化がさらに希望を純化していく。そんな若い人たちが今、北京には多いのではないかと私は想像した。その希望は何かといえば、今よりすばらしい未来を手に入れることはぜったいに可能なはず、と信じられる気持ちなんだと思う。いきたい場所が三つあると答えた男の子は、露疑わず信じているんだろうと思う。近く、いきたい場所に自分がかならずいけるということを。

北京ののち、上海で数日過ごし、ここでも私は同じことを思った。上海は九〇年代後半と町がだいぶ変わっていて、南京路でなくともファッションビルや高層ビルが林立しており、自転車は数えるほどになり、バス停や地下鉄の押しくらまんじゅうも見られず、痰を吐く人もまったく見かけず、トイレにはちゃんと壁とドアがあった。そしてたいていのお店で、やっぱり若い売り子さんたちは笑顔で接客し、買い物客には「謝謝」と言い、「謝謝」と言えば「不客气」と返してくれる。やっぱり、マニュアルではない笑顔である。

赤い煉瓦の集合住宅の、窓という窓から物干し竿が突き出て、色あせた洗濯物が翻り、通りをびっしりと自転車が埋め尽くす。昔の上海の光景が失われるのはちょっとさみしい、と思うのは、旅行者の勝手な感傷で、この町に住んでいる人たちの目線は、もっとずっと先にあるのだろう。

一〇年前の上海旅行と今回の中国旅行で、圧倒的に変わったと思うのは、私にとって人の笑顔だったのだが、それはつまり、希望というものの変化なのだろう。一〇年前はこんなふうなシンプルな希望は、都会には満ちていなかった。

その町や時代を動かすものってなんだろうと考えたとき、こういう希望、未来への信頼ではないかと思う。もちろんそれが、負の方向に向かうことだってある。人はいつも正しく、よりよき未来をとらえているわけでもないし、他者にもよりよき未来が必要なのだということを忘れることだってある。けれど今の中国の都市部が持っている希望は、すごくまっとうで、正しいもののような気がしてならない。いろいろ問題はあっても、でもだいじょうぶ。そんな気持ちになるのだから。

二〇一〇年、上海で万博がおこなわれる。それを境に、またこの町は変わっていくのだろうと思う。またいつか北京や上海を訪れる機会を、こんなふうにたのしみにできるとは、一〇年前には思わなかったなあ。

旅と野生

旅に出ると、その期間が短かろうが長かろうが、第六感がさえてくるのがわかる。ふだんの生活では決して活躍しない感覚が、目覚めるのである。

たとえば、列車で移動して、ある町で降りる。降りたとたんに、なんともいえないいやな気持ちになる。何かよくないことが起きる気配、みたいなものがびんびんに漂っている感じ。でも、この町にこようと思っていたのだし、実際きてしまったのだから、とりあえず滞在しようと思って歩きだす。駅を出、ホテルをさがし、チェックインする。

こういう場合、本当にその町で何かトラブルが起きる。発熱する、とか、お金をとられる、とか、カメラをなくす、とか。

私の経験だと、イタリアはシチリア島の、パレルモという町がそんな町だった。着いたとたんに「あ、なんかいやだ」という気配がした。体内危険センサーというものがあったとしたら、ピコピコちいさく鳴っている感じ。でも、こようと思ったたし、きてしまったのだから、というような気持ちで町を歩きだした。

まず駅の出口で迷った。ホテルのある方向にいきたいのだが、駅構内からうまく出ることができず、ぐるぐると同じところに出てしまう。これだけならば日常茶飯事なのだが、なぜか、二人組で歩いている若者に幾度もすれ違う。二回目にすれ違ったとき、二人は私をからかうように奇声を発した。三回目にすれ違ったとき、襲ってくるようなジェスチャーをした。四回目のとき、威嚇（いかく）するように近づいてきた。逃げるように構内から離れた。

ようやく町の中心に出て、ホテルをさがして大通りから垂直にのびる路地を歩きまわった。ある路地に足を踏み入れたとき、「あ、いやだ」とまた思った。危険センサーが今度は中くらいの音でピーピー鳴りだす。それでも私は進んだ。

こういうとき、「せっかくもう歩きだしているのだから」という貧乏根性とともに、「ここで引き返したら負けだ」というような、意味不明の負けず嫌いを発揮させてしまうところが、私にはある。いったい何に負けるのだか、さっぱりわからないながら、そう思って進んでしまうのである。

案の定この路地で、すれ違った不良男子中学生に取り囲まれ、背負っていたリュックをとられそうになった。彼らをふりきって逃げこんだビルは、なんと無人。彼らに追いかけられて、もうだめかも、と思いながら奇声を発した。最初から本気で何かするつもりではなかったのだろう、その奇声を合図のようにして彼らは逃げてくれたから、被害はなくてすんだ。

さらに夜、夕食を食べて宿に戻ろうとすると、自転車の男の子がずっとついてくる。しかも口笛を吹いて、その口笛を合図にべつの男の子も自転車であらわれる。危険センサーは大音量で鳴っている。ダッシュで宿に逃げた。

パレルモ、旅する人によってはものすごくいいところなんだと思う。でも私には、町じゅうの若者という若者が荒んで悪いことばっかり考えているような、危険センサー鳴りっぱなしの町、という印象が強い。

私は旅運がおそらくとてもよく、泥棒やスリ、極端なぼったくりにも一度も遭ったことがない（だまされても、せいぜい五〇〇円くらい）。だからこのようなことがあると、半端でなくめげる。へこむ。落ちこむ。立ちなおるのに時間がかかる。以来、貧乏根性と負けず嫌いをねじ伏せて、いやな予感のする町は、さっさとあとにするようになった。

これが冒頭に書いた「第六感」である。

町だけではない、人でもある。旅先では、町なかで声をかけてきた人が、親切な人なのか、何か企みを持った人なのか、一瞬でわかる。旅先に着いてすぐはわからないのだが、旅をはじめて三日、四日目くらいにはわかるようになる。もしかして、親切な人なのに無視してしまった場合もあったかもしれない。でも、その逆は私の場合、まったくない。企みのある人を親切な人だと勘違いして、道案内してもらったり、ごはんをいっしょに食べたりしたことは、ただの一度もないのである。

　もっとささやかなところでも第六感は活躍する。たとえばごはん。やっぱりその町に着いてからしばらくすると、そこの料理がおいしいのかどうか、店の前を通ったときにわかるようになる。たとえお客さんがひとりも入っていなくても、そういう店の前を歩くとき「ぴん」とくる。アンテナが一瞬震える感じ。こちらはときどきはずすこともあるけれど、七、八割がた、当たる。

　こういう第六感は、情報に頼ってしまうとなかなかさえてくれない。治安が悪いと書かれている町でも、自分にトラブルがふりかかるとはかぎらないし、おいしいレストランと紹介されていても、お店のスタッフが異様に感じ悪いことだってあり得る。とくに私はたいへんに気がちいさいので、あんまりガイドブックを真剣に読んでしまうと、ぜんぶ鵜呑みにして、治安が悪いとされる町へはいかなかったり、その本に載っている旅行者向けのレストランばかりいってしまうことになりかねない。

　ところでこの第六感、日常生活ではまったく役にたたない。東京で、お店の前を通りかかって「ここはぜったいにおいしい」と思うことなんて、まず、ない。道に迷って人に訊くとき、親切そうな人を選んで訊いたつもりが無視されることもある。どこを歩いていても、よからぬことが起きそうな予感というものはいっさい感じない。財布を落としても気づかないくらい、私は抜けている。つい先だっても、タクシーで爆睡して、気づいたら（たぶんわざと）ものすごい遠まわりをされていた。もし旅先だったら、そのタクシーの運転手が誠実な人かそうでないか、乗ったとたんにわかるのだけれど。

ホームグラウンドで暮らしているときの私は、全体的に鈍い。旅先での、危険センサーやアンテナは、まったく影をひそめている。

思うに、日常生活において、私は自分をあんまり信じていないんだと思う。自分よりも、他人や世界のほうがより信じられるのではないか。単純な話、時計を忘れたとき、駅の時計を見て、表示されている時間を私は何も疑わない。遅れているのではないかなどと、露ほども思わない。バスも列車も正確な時間にくるし、目的地に向かう地図は正確で、もし迷っても言葉の通じる人が道順を説明してくれる。さらに私は、地下鉄の乗り換えがわからなくなると友人にメールや電話をして訊く。頼れる人や、頼れると思いこんでいるものが、周囲にあふれている。

だから、日常生活においては、自分だけを頼りにする必要が、あんまり生じないのである。

旅をする、というのは、単純にいえば、知らないところにいく、ということだ。もちろん何度も訪ねた場所に向かう旅もある。けれどやっぱり、そこにあるのは日常とは違う、知らない町であり知らない時間であり、知らない人々である。その場所で、では私は何をいちばんよく知っているか、といえば、私自身。だから、自分に頼るしかないし、自分を信じるしかない。駅への道はこっちで合っているか。迷ったけれどだれに訊けばいいか。目的地にいくバスはどれか。これに乗って本当に安全か。ひとつひとつ、見知らぬものに出くわすたび、自分自身に問い続ける。

九割の確率で道に迷い、しょっちゅうバスや列車の時間を間違えている私が信頼に値しないことをいちばんよく知っているのは私自身だが、それでもやっぱり、なんにも知らない場所では頼らざるを得ない。

知らないところにいる、という状況が生み出す不安と緊張、そしてやり慣れない自分への信頼、こうしたものが交ざり合うと、日常では眠っている野生の本能が、むくむくと芽生えてくるのではないかと私は考えている。この野生の本能が告げるのは、究極的に、安全か否か、ということだ。この町は安全か。この人は安全か。この宿は、この食堂は安全か、見極めるセンサーやアンテナは、旅を続ける過程でどんどん研ぎ澄まされてくる。

着いたとたん、ざわつく予感がする町とはまったく反対に、知らないのになつかしいと感じる町もある。その町にあるすべてが好ましく、その場所に着いたことを体ぜんぶがよろこんでいる、それがわかる場所もある。それもまた、野生の本能が告げているのかもしれない。ここはあなたにとって一〇〇パーセント安全だよ、と。

旅は疲れる。すばらしくたのしい旅も、リラックスするために出かけた旅も、旅というだけで疲れる。その疲れは日に日に体内に蓄積されていく。きれいなホテルに泊まってバスタブに湯をはって浸かっても、一〇時間ぶっ続けで眠っても、この疲れはなかなか癒えない。旅を終えて自分のベッドに横たわらないかぎり、完全に消えてくれない疲れ。

旅のさなか、いったいなんだってこんなに疲れるのか、と私はよく思うのだが、その疲れってやっぱり、移動の疲れというよりも、野生の本能を始終使っている疲れなんだろうな。

しかしながら、なぜそんなに疲れる旅に出るのかといえば、知らないところを見たいからだ。見たことのないものを見、食べたことのないものを食べ、触れたことのないものに触れてみたいから。だから私の場合、気に入った場所をくり返し訪れる旅より、いったことのない場所へいくほうを好むし、選ぶ。これからもたぶん、ちっぽけな野生の本能を研ぎ澄ませ、知らない場所を旅し続けるんだろうと思う。迷いながら、疲れながら。

〈旅行記〉ナイルの賜物

エジプトはじつに二〇年ぶりの訪問である。二二歳のときだから一九八九年、卒業旅行で旅して以来だ。ツアー旅行だったのだが、バスにプロペラ機に列車を乗り継いで有名な遺跡をくまなく見る、どちらかといえばせわしない旅で、覚えているのは、ピラミッドの石が思いのほか大きかったことと、ピラミッド内部が驚くほど蒸し暑かったことだけ。あ、寝台列車で食べたカップラーメン（日本製）がおいしかったことも覚えている。

だから今回、ナイル川クルーズができるのはじつにうれしい。三泊四日でナイル川を下り、途中途中で下船して遺跡を見る、ゆったりした旅である。初体験であることもうれしいが、そのゆったり感がことさらありがたい。駆け足で旅するのは若者の特権であり、ゆるやかに旅できるのは年齢を重ねたものの特権である。

アスワンから船に乗る。この船、外見は四角くて色気がないが、なかに入って驚いた。外見からは想像できない豪華さである。決して派手ではなく、シックな落ち着きがあるのに、きらびやか。部屋は啞然とするくらい広く、窓の外にはナイル川と対岸の町が一望できる。思えば私は地上でもこんなに広く立派な部屋に泊まったことがない。

　夕方四時、船は静かにナイル川をすべり出す。もちろん揺れることはない。部屋の窓からナイル川に見とれたのち、船内探索に出かけた。一階にはレストランがある。乗客は、朝昼夜の三食をここでとることになる。二階には客室のほかに、本や雑誌の置かれたサロン、パソコンコーナーもある。三階には、こぢんまりしているがマッサージルームにフィットネスルームがあり、ポストカードから宝石まで扱うみやげもののショップがある。

　そして四階がデッキである。ジャグジーがありバーコーナーがある。テーブル席とのんびりくつろげるソファ席がある。

　どこもかしこも、落ち着いた色調でセンスよくまとめられ、ひととおり見て歩いた私は、三泊四日といわずここに住み着きたくなったほどだ。

　船は、ゆったりのんびりと進む。

　私はちっとも知らなかったけれど、ナイル川クルーズはずいぶんな人気らしく、前にもうしろにも、同じようなクルーズ船がある。それぞれ外観も雰囲気も異なり、それを眺めているのもまたたのしい。川をすべるように進む船の速度に合わせるように、ゆっくりゆっくりゆっくり、陽が沈んでいく。ナイル川も、両岸に広がる緑の木々も、橙色に染まっていく。

午後七時半、船は川岸に碇泊（ていはく）する。観光客たちはみなここで降り、「コム・オンボ」という名の神殿を見学にいく。夕暮れの町の、ひなびた感じがなんともなつかしい。物売りに駆け寄ってくる子どもたちも、陽気でお茶目。買って、と言われたスカラベ（フンコロガシ）のブレスレットを、いらない、いらないと断っていたら、ひとりの男の子が私の腕にすばやく巻いてくれた。返そうとすると、プレゼント、とほほえんで走り去っていった。

コム・オンボとは「小高い丘」という意味だそうである。そこに建つ神殿は、ワニの神さまとハヤブサの神さまを祀（まつ）ってあるらしい。だから二つ入り口があり、右がワニ神さま、左がハヤブサ神さまの神殿である。ワニ神さまの神殿には、ワニのミイラがあると聞き、ミイラ好きの私は小走りでその部屋に向かったのだが、どこかに貸し出されているらしく、部屋にはなんにもなかった。残念。

この神殿でもっとも興味深いのは、壁に彫られたレリーフに、医療品の絵があること、それから農作物の刈り入れのために作られた暦が、ほとんど何も損なわれずに残っていること。こういうものを見ると、二〇〇〇年以上も昔に生きた人々も、私たちと変わらない暮らしをしていたのだなあと現実味をもって実感する。カレンダーを眺めて暮らし、病気になれば医者にかかって。

遺跡は橙色の光にライトアップされているのだが、淡い茶色の遺跡が明かりに染められるさまは、日中の青空の下で見るのとはまた違う、格別の美しさがある。時間ごと静かに吸いこまれていってしまいそうな、荘厳な美しさである。

船に戻ると、ちょうど夕食の時間である。朝昼夜とビュッフェ方式なのだが、夜はテーマが決まっているらしく、この日はイタリア料理の夕べである。なんとエジプト産のワインがあると聞き、いただいたのだが、想像を遙かに超えてしっかりした味の、おいしいワインだった。

ナイル川クルーズの観光の目玉は「ルクソール」だろう。午前、午後とかけて、東側と西側をまわる。太陽が昇る東側は生者の町と呼ばれ、太陽の沈む西側は死者の町と言われている。有名なツタンカーメンのお墓がある西側の墓石群「王家の谷」に向かう。雲ひとつない澄んだ空の下、岩窟（がんくつ）があたり一面に広がる景色は白一色で、自分がどこにいるのかわからなくなりそうである。盗掘されないよう、どのお墓も、深く深く、ときにはカモフラージュまでされて作られている。新しい肉体に生まれ変わるのではなく、死者が復活すると考えた古代エジプトの死生観が、その屍（しかばね）や宝物をとにかく守ろうとする姿勢や、壁面に施された精巧なレリーフからうかがえる。

この王家の谷には、墳墓建設に携わった人々が住んだ「労働者の町」跡がある。四角く細かく区切られた居住跡は、なんだか妙な具合に生々しい。

エジプトの至るところに点在する遺跡、とくに巨大なもの繊細なものを見ていると、人智を超えたものと、非力な人間の力の拮抗に思えてくる。宇宙や自然に人は敵うわけがないのに、古代エジプト人は何万人もの力を集結させることで、なんとかそれに触れようとした、そんなふうに思えてくる。そして実際、ひとりでは非力な私たちが、こんなふうに無数に集まり長い歳月を費やせば、人の力では到底不可能に思えるものを、作り出してしまえるのだ。労働者の町で私が感じた生々しさは、この途方もない墳墓や遺跡を作ったのが、ひとりひとりは私自身とそう変わらない非力で平凡な人であったと、ある説得力をもって見せてくれるからだろう。

夕方、船に戻り、しばし休憩したあとに夕食。正直、船の食事に私はまったく期待していなかった。そう立派な厨房があるわけでもないだろうし、エジプト料理の夜もあるが、イタリア料理や中国料理の夕食もあるのだ。本場ではないのだから、そんなにおいしいはずがなかろうと考えていたのだが、まったくうれしいことに予想は大ハズレで、どの食事も驚くほどおいしくて、毎日毎食、子どものように心待ちにしていた。

夕食後も乗客が退屈しないように、さまざまなレクリエーションが用意されている。ベリーダンスの夜もあれば、エジプトの民族衣装をみんなが着て参加するガラテアパーティーも催される。この船の乗客は九割がアメリカ・イギリス・ドイツ・フランスなどの欧米人で、アジア人は私たちを含むひと握り。イベント好きの欧米人はそれぞれの催しで盛り上がっていたけれど、静かに船の旅をたのしみたかった私は、イベントには何も参加せず、毎夜、甲板で外の景色を眺めていた。

船は、三泊四日でアスワンからルクソールまでいくので、だいぶ速度が遅い上、夜はほとんど碇泊している。周囲には同じくクルーズ船が碇泊していて、甲板のソファで横たわり、本を読んでいると、ほかの船からにぎやかな音楽や歓談の声が聞こえてくる。テーブル席では、やっぱりイベントに参加しなかった恋人同士がテーブルに手を重ねて静かに語り合い、空にはいくつかの星が瞬いている。川沿いの町を見遣ると、巨大な遺跡とともに在り続けた町が両側に広がっている。町の明かりはごくわずかで、ずっと先に遺跡を照らしているらしい強い光が、浮き上がって見える。町はすでに静まり返っている。この町ではいつでも、今を生きる人々と、かつて生きた人々が共存しているのだなとふと思う。

ナイル川クルーズで、私がもっとも優雅だと実感したのは、豪華な部屋でもすばらしい食事でもなく、ほとんど人のいない甲板のソファに寝そべって、夜風に吹かれながら異国の夜を眺めていた、静かな夜の時間だった。

ルクソールで船を降り、飛行機でカイロを目指す。

ギザ地区に入って、町の真ん中からピラミッドが見えていることにびっくり。そうそう、そうだった。ピラミッドって、意外に町なかにどーんとあるのだ。赤い石で作られた赤のピラミッドと、途中で角度の変わる屈折ピラミッドのあるダハシュール、古代エジプトの首都だったメンフィス、複数のピラミッドがあるサッカーラとまわる。午前中早くにいくと、観光客の姿がなく、見渡すかぎり何もない砂漠と、それをすっぽり覆う空、という雄大な景色を独り占めできる。とくにサッカーラは、遠くギザのピラミッド、赤いピラミッド、すべて見渡せ、見ることでぜんぶ所有できたような、雄大な気分を味わえる。

ピラミッドという言葉でだれしもが想像するギザ地区の三大ピラミッドには最後に向かった。大きいとわかっていてもやっぱりその大きさに唖然とする。そして、入場券売り場ができていたり、ピラミッドへ続く立派な道ができていたり、とちいさな変化はあれど、基本的に二〇年前となんにも変わっていないと思い、ふとその感想の馬鹿馬鹿しさに笑いだしたくなる。四五〇〇年も前に作られたものの前で、変わるも変わらないもないではないか。二〇年なんて、この場においてまったく意味がない。

ピラミッドも、スフィンクスもそうなのだが、空の青と、石や岩でできた建造物の白とのコントラストが、本当に美しい。砂漠のなかに突如出現する巨大な四角錐(しかくすい)やライオン人間みたいな像は、完全な人工物なのだけれど、色合いの美しさと、おそらく存在する時間の長さが、それら人工物から人工的な部分を剝(は)ぎ取って、なんだかもう自然の一部みたいに見える。そのことがすごいと今回はじめて思った。こんなにも不自然に存在するものが、大木や、湖や、奇岩や、つまり人智を超えた何かの創作物として、太古からずっとここにあったような錯覚を抱くのだ。「太陽の船博物館」なるものが、クフ王のピラミッドわきにある。二〇年前には訪れなかったこの博物館を見学し、自分でも驚くくらい、感動した。一九五四年に発見された「クフ王の船」と推測される木造船の博物館なのだが、この船、数百個というパーツに分けられて隠されていたという。復元には一四年もの年数が費やされている。発見されたときや、隠されていたときの様子は、写真や展示物で見ることができる。そして頭上高く、復元された巨大な船が吊(つる)されている。

これは圧巻である。その馬鹿でかさ、釘(くぎ)を使わず作ってある精巧さ、美しさ。クフ王の船といわれているが、実際の航海に使うために作られたものではない。一説ではあるが、死後のクフ王が天空を旅するための「太陽の船」なのである。古代エジプト人は、死後というものにいったいどのくらい心血を注いだのだろう。

しかしながら、四〇〇〇年前、三〇〇〇年前の遺跡が今でもこうして新たに見つかったりするのだから、各国の人々がこの地の考古学にのめりこむのも理解できなくもない。まだ見ぬ時間の塊が、この砂漠のどこかに隠されているなんて、壮大なロマンである。

エジプト滞在最後の夜、カイロの中心街にある「カフェ・リーシュ」でお茶を飲んだ。パリのカフェを思わせる洒落(しゃれ)た店である。このカフェは一世紀も昔から、作家や新聞記者たちが集まって意見交換をしてきた歴史あるサロンで、今現在もなお、国内外の作家や芸術家の集いが定期的に開かれているという。

この数日の旅で見てきた遺跡に感じたのとは違う、もっと人間くさい時間の流れを、このカフェでは感じることができる。目に見える、たとえば巨像やピラミッドといった建造物でなく、自分たちに何が作れるか、果てしない未来に何を残せるか、次世代に何を伝えられるか、ときには激しく、ときにはひそやかに芸術家たちが話してきた、そういう時間である。細部に歴史の感じられるカフェのそここに、ごくふつうに遺跡がごろごろしているこの場所で暮らした芸術家たちの、静かで熱い息吹が感じられる。

エジプトは、旅するだけで有限と無限に触れることができる。有限と無限、それは永遠と一瞬であり、世界と個人であり、自然と人間であり、宇宙と「ここ」である。自分の存在のちっぽけさを思い知るとともに、連綿と続く膨大な歴史の、たしかに自分も一部であると実感することもできる。深く思索しなくとも、そんなことを体で考えることが可能な場所である。

二〇年前は、こんなこと、思いもしなかった。ただ遺跡の巨大さと精巧さと、それが人の手によるものだということに、ほうほうとため息をついていただけだった。悠久の時間を「見る」ことができる場所エジプトは、ちっぽけながらも生きる時間を重ねれば重ねるだけ、こちらに寄り添ってきてくれるのかもしれない。

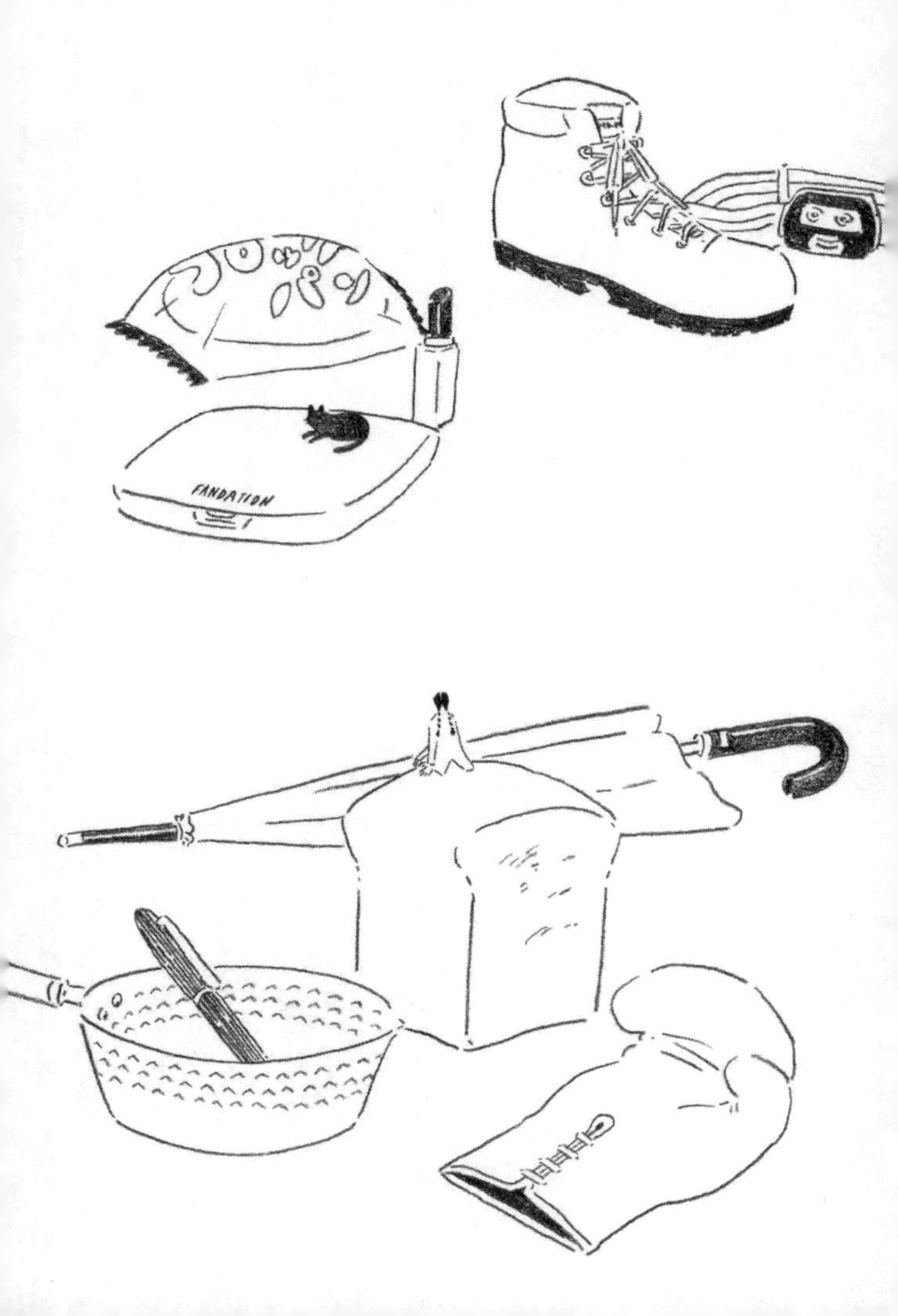
FANDATION

モノに思う

値段のないもの

自分でお金をやりくりして暮らしていると、年齢を重ねるにつれ、ものに見合った値段というものはだんだんわかってくる。この値段の靴は長持ちしないだろうな、とか、この料理に使うのならばグラムいくらの牛肉でいいな、とか、そういうことである。もちろん予想を大きくはずれ、ものすごく安かったのに着心地のいいコート、というものもあれば、自分にとってすごく高かったのに使いづらい急須(きゅうす)、などというのもある。それにしても並はずれて予想外というのは、年齢を重ねるにつれてだんだん減ってくるように思う。

私がもっとも厳重に値段をチェックするものは、日々の食材である。これはスーパーではなく、個人商店で買い物をするようになってからのこと。スーパーだと、野菜も肉も乾物も調味料も、ときとしてティッシュペーパーや洗剤といったものもいっぺんに買うから、計算に極端に弱い私には、ひとつひとつの値段がよくわからない。けれど野菜は野菜、魚は魚と買っていると、それぞれの値段がじつに際だってわかる。今日は鰤(ぶり)を食べたいな、と思って魚屋にいったものの、鰤一切れ七〇〇円だと、高いと感じ即座に献立を変更する。夏にぐっと値段が安くなるのを見て、冬瓜って冬じゃなくて夏が旬なのか、と知ることもある。酒落たパン屋がオープンしたものの、そこで売られている食パンが五〇〇円だったりすると、毎日食べる値段ではないな、と判断するし、今日は奮発してすき焼きだ、と決めたときの奮発上限値段というものも、自分の内にある。

反対に、値段のことがまったくわからなくなるものもある。私の場合、たとえば外での飲食と、洋服。

友だちと外で飲み食いしているとき、はじめこそ、この店の料理は高い、安い、などと感想を抱いたりするが、酒が進むにつれ、なんでもどうでもよくなって、ワイン追加、料理追加、ワインもう一本追加、ということになり、このときにはもう、合計でいくらになるのかなどと考えていない。さらに支払う段階にはほぼ泥酔状態で、自分がいくら支払ったのかもわかっていないことが多い。翌朝、おいしかったとか、たのしかったとか、そういう印象だけがぼんやりと残っていて、ハテその店が味と見合った値段だったのかどうかなどとはてんで考えないのである。

洋服、というのもわからなくなる場合が多い。ブランドには疎いが、私は服を見たり買ったりするのが好きで、「うわーこれいい」「これ着たい」などとやっていると、頭に靄がかかったようになって、たががはずれる瞬間がある。そうなると値札を見る私の母親は服を買うときは素材を確認しなさいと執拗に言っていたが、素材表示なんて見たことがない。だから、秋刀魚やほうれん草のようには、その値段が素材に釣り合うか否か、よくわからないのである。だからもちろん、たいへんに失敗が多い。ものと値段の釣り合いをいつまでも学ばないから、この年になっても失敗が続くわけである。

そんなふうにして日々、お金を遣ったり、遣わなかったりしているわけだけれど、私のなかで唯一、お金で買いながら、お金とまったく切り離されたものがある。それを買うときにも財布を開けるわけだが、けれどそもそも、それに値段がついていると思っていないようなところがある。黙って持ってきてはいけないから幾ばくか支払っているが、支払っているのがお金という実感が今ひとつない。だから当然、高いと感じることもなく、（飲み代や洋服のように）遣いすぎてしまったただの、失敗しただのと思うこともない。

それは何かといえば、本である。

本を開いて数ページ読み出したとき、すでにその本がいくらだったのかなんて忘れている。途中で、この本はなんだか私にはおもしろくない、と思ったとしても、値段のことはまず思い出さない。いくら払ったのにもったいない、とか、読んで時間の無駄だった、といった感想を、本に対しては私は抱かないのである。

幼少期の記憶と関係しているところもあるかもしれない。私の両親には、本を読むことは絶対的にいいことである、と信じているような単純さがあった。また、本を与えておけば私がおとなしくしているので、とりあえず本を読ませておこうと思っていたのかもしれない。おもちゃや洋服をほしいまま買ってもらった記憶はないが（あれを買ってと駄々をこねた記憶ならある）、本ならばいくらでも買ってもらえた。買いすぎ、と言われることもなければ、高いからだめ、と言われることもなかった。おそらくそのせいで、本に値段がついていると無意識のうちに思わなくなったのではなかろうか。

中学、高校に上がり、自分のほしいものは自分のお小遣い内で買うようになっても、本についてはあまり苦労した覚えがない。文庫本は安かったし、文庫本代すらないときは学校の図書室があった。大学生になったときも、自分の自由になるお金を潤沢に持った学生では決してなかったけれど、学内の図書室に加え、大学付近に区立図書館があり、さらに、学校のまわりには古本屋がひしめいていた。

ほしい本が買えない、という苦悩に私がはじめて出合ったのは、記憶のかぎり二三歳のときである。大学を卒業し、フリーター暮らしを経て新人賞をいただきデビューしたものの、賞金は生活費で遣い尽くし、すぐに本が出るわけもなく、生活に窮して私はアルバイトをはじめた。それまでは、本は「読む」ものだった。読むだけならば、図書館を利用すれば、いかにお金がなくとも可能なのである。けれどそのとき、私は本を「持つ」ことによろこびを感じはじめていた。

そのころ出合って夢中になった尾崎翠は、大学の図書室で借りて読んだ。そして私は、それと同じ全集を自分の手元にどうしても置きたいと思ったのである。『尾崎翠全集』、消費税抜きで五八〇〇円（全一巻、創樹社、一九七九年刊）。

五八〇〇円は、一冊の本の値段にしては、今だって高いと思うが、まあ、買えないことはない。けれどアルバイト暮らしの二三歳にとって、買うことがもはや罪悪に思えるくらい、高かった。ほしい、でも高い、ほしい、でも高い。私はしょっちゅう池袋のパルコブックセンターにいって（当時この書店は尾崎翠の本が充実していた）、薄緑の絵が描かれた箱入りの全集を撫でさすっては未練たらたらで家に帰っていた。

しかし結局、私はその本を、その年の内に買った。高いけれど、買わなくても図書館でいつでも借りられるけど、でもほしいのだ！　と自分に執拗に言い訳しつつ、買ったのである。

自分にとって価格が高いと思われる本を、自分の稼いだお金で買ったのはこれがはじめてのことで、そうしてそれから、私の本所有欲はたがはずれたようになった。本は読むだけのものではなくて、所有もするものになったのである。谷中安規が絵を描いている内田百閒の復刻版の美しい本とか、澁澤龍彦の図鑑のような繊細な本とか、ボルヘスやバタイユの、晶文社や二見書房のかっこいい本。読みたいというより自分の本棚に収めたいという思いで、買った。

本のいいところは、稀覯本に目がくらまないかぎり、いくらたがはずれても借金まみれになるようなことがないことだ。いくら高くてもせいぜい一万円以内。宝石や腕時計に比べれば、なんとかかわいいことだろう。ちなみに、本所有欲に目覚めた二三歳の私が買った本のなかで、いちばん高いのはやっぱり『尾崎翠全集』である。

あのとき、自分には高価に思える本を思いきって買ってよかったな、と思う理由はいくつかある。ひとつには好きなときに読めることがやっぱりうれしい。小説書きに飽きたとき、迷ったとき、落ちこんだとき、あるいは友人や恋人とうまくいかなかったとき、うまくいったとき、ことあるごとに私は全集に手をのばして尾崎翠の言葉を読みふけった。自分の本棚にあるのだから、急いでぜんぶ読む必要はない。読みたいページをゆっくりとめくればいいのである。

それから、本に高い安いもないと、子どものころとは違う意味合いでもって、思えるようになったこと。五八〇〇円の本と、五八〇円の本がくれる感動に、まったく差はない。たとえば牛肉や靴のように、その値段に見合う、見合わないということが、本に至ってはない。

本はつまり本である、と気づけたのもよかったことのひとつ。いくら高くても、本は本であってアクセサリーではないのだから、読まないと意味がない。本を所有することはよろこびではあるのだが、しかしやっぱり、さらなるよろこびは読まないかぎり得られない。

かくして一年ほどで私の本所有欲は醒め、自分の本棚に収めたいから本を買う、ということはなくなった。読みたいから買う。読みたかった本だから、本棚にあるとうれしい。

今現在の私の住まいに、『黒猫』や『ねじの回転』がおさめられた『世界文學全集』の四六巻（新潮社）がある。実家の本棚にあったもので、だれが買ったのかわからない。一九六三年刊、二九〇円。ひとり暮らしをはじめたとき、本棚の本をアパートに持ってくることはしなかったのだが、これだけは持ってきた。中学二年生のとき、たまたま読んだ『黒猫』に尋常ならざる恐怖を抱き、以降ことあるごとに「あれこわかったよなあ」と思い出し、ワンルームのアパートに引っ越す際、その忘れがたい恐怖をどうしても連れていきたかったのである。ごくたまに、読み返す。一四歳のとき感じたのと寸分違わぬ生き生きした恐怖が私を襲い、うれしくなる。

こういうとき、本って本当に値段がないよな、と思う。一九六三年に二九〇円だった本。その値段が、当時どのくらいの価値があったのかわからない。でも、そんなこととはいっさい関係なく、三〇年近く、この一冊は私をただしくこわがらせてくれるのである。恐怖ばかりでない、光がさしこむような多幸感も、寒い日の毛布のような救いも、足元が揺らぐような不安も、夢中でページをたぐった記憶も、読み終えるときの世界が終わるようなさみしさも、つまり、本というものがかつて私に与え、今も与え続けてくれるそういったもろもろには、やっぱり間違っても値段などつけられぬ、と思うのである。

五〇〇円のかなしみ

東南アジアを旅するとき、よく思うことがらのひとつに、「日本人は商売がうまい」というものがある。いや、「うまい」というのは私の価値基準でそう思うだけである。

東南アジアのある種の商売人たちは、日本人の商売における価値観とは、まったく相容(あいい)れない。その最たるものが「ちょっとだけごまかす」というものだ。

どこそこまで五〇〇円ね、と交渉してから乗ったタクシーが、目的地に着いたとたん「六〇〇円」と言ったりする。「五〇〇円と決めたではないか」と言っても、「そんなことは言ってない」の一点張り。あるいは合計一〇〇〇円の食事代に、一五〇〇円を請求する。一〇〇円のジュースを二〇〇円で売る。

かつて旅したバリで、たまたま同じ宿になったオーストラリア人旅行者が、「きみ、一泊いくら払ってる?」と訊(き)いてきたことがある。一泊の料金を答えると、彼は得意げに「ぼくは〇〇ルピアだよ。日本人は素直に払うからみんな高めの値段を言うんだよ」と言った。彼の宿泊代のほうが、たしかに三割ほど安かった。

なぜ日本人は素直に言われた金額を払うか知っているかい、きみ。それはね、日本ではそういうごまかし商売が極端に少ないからだよ。と、心のなかでは思ったが、言わなかった。そういうことをわざわざ言って得意げになっている無神経な旅行者とは、会話したくないからだ。

日本人は商売がうまい、と私が思う所以は、そこである。

一〇〇円、五〇〇円とごまかせば、一時的には儲かる。けれど儲かるといったって、微々たるものでしかない。ごまかされたことがわかれば、人は二度とそこへはいかないし、「あそこは料金をごまかす」とほかの人にも言うだろう。長期的に見て、決してうまい商売とは言えない。

日本で暮らしていると、ごまかされる、ということはたいへんに少ない。コンビニエンスストアで買い物をするたび、レシートを確認し釣り銭をきっちり数えなおす客はいない。パン屋でも八百屋でもホテルでも同様。言われたままの金額を払ってもそこには何もごまかしがないということを、私たちは日常レベルで知っている。

小銭をごまかす商売よりも、勘定も釣りもごまかさない商売のほうが、長期的に見れば得であると、日本人は無意識に思っている。正直な商売をしていれば客は幾度でもそこで買い物をするし、売られているものが値段に見合った（もしくはそれ以上の）品であれば、その店のよさは口コミでちゃんと伝わる。一〇〇円、二〇〇円を上乗せするよりも、よほど儲かる。

そういう考えかたが、決して普遍的ではないことを、旅するようになって知った。長期的な儲けなんて知ったことか、それより今日の小銭のほうがだいじだ、という経済価値観のほうが、もしかしたら世界的には圧倒的に多いのかもしれない。

私は計算に疎く、経済観念に抜けたところがあるのだが、ぼったくり商売の横行する国をあまりにもたくさんひとりで旅したからか、料金をごまかされることに非常に敏感である。正規料金がいくらかわかっていなくても、相手が値段を言ったとき、「あ、今だまそうとしてる」ということが雰囲気でわかる。そうなると、ふだんは決して発揮されない私の負けん気や意地や正義感がむくむくとわき上がってきて、「ぜったいにそんなことはさせまい」というような気持ちになる。日本円にしたら五〇円程度のお金で、三〇分近く相手と言い合いをしたこともある。泣いて騒いだこともある。冷静になってみれば、何をやっているんだか……と思うが、同時に、旅先で日本円に換算してたいしたことのない金額、と思うのはまちがっている、とも思う。日本円で一〇〇円でも、その地では屋台の食事ができることだってある。さらに、私が言われたとおりの金額を払ったことによって、商売人は気をよくし、今後会う日本人旅行者もどんどんだましていく可能性だって大きい。あんなに騒いでみっともなかったけれど、でもよしとしよう、と、結果的にはいつも思うことになる。

日本で暮らしているかぎり、ごまかされるかごまかされないか、始終気をはっていなくていいから楽だよなと、つねづね思っていたのだが、先だって、東南アジアでもないのに、めずらしく「あ、今ごまかされてる」という勘が働いたことがあった。

都内のタクシーである。

仕事相手と都心で食事をしたのち、タクシーに乗った。家の前にタクシーが到着し、運転手が料金を告げる。メーターに表示されている金額プラス高速代である。私は暗算がもっともできないにもかかわらず、「あれ」というような違和感があった。そう、東南アジアでしょっちゅう働くあの勘である。それでもここは日本。道路をわざと間違えられたことはあるが、料金をごまかされたことはない。違和感を封じこめるように言われた金額を払い、領収書をもらった。

タクシーを降り、今の違和感はなんだったのだろう、と領収書を見るが、かなしいかな、数字にとことん疎い私は走行料金と高速料金の足し算さえその場でできない。自宅に戻り、念のため、計算機で計算すると、きっかり五〇〇円、よぶんにとられている。

このとき私を襲ったのは、東南アジアでごまかされたときの、負けん気と意地と正義感のない交ぜになった猛烈な気分だった。「もしかして運転手さんが勘違いしたのかも」だの「ま、五〇〇円くらい、いいか」だのといった気持ちではなく、地団駄を踏みたいくらいの怒りとくやしさ。気づけばそこは夜の我が家ではなく、暑い暑い異国の路上で、ぼったくり商人を目の前にしているかのように私は猛然と電話の子機を手にし、タクシーセンターの電話番号を押していた。こんなふうに、何かをただすために知らない人に電話をかけるなんて、生涯はじめてのことである。

電話に出た男の人に、料金をごまかされたんです、と私は告げた。気分は旅先で、髪の先まで怒りに満ちているが、けれど電話に出た男の人はちっとも悪いことをしていないと理解できるくらいの冷静さはあった。私はおだやかに今の状況を説明し、明日営業所に電話をかけて返金手続きをしてほしいと言う電話の向こうの人に、礼を言って電話を切った。

電話を切ったら猛烈に疲れていた。怒るのは疲れる。しかも五〇〇円。五〇〇円を取り返すために、また知らない人に電話をかけ、事情を説明するのか……。どんよりと考えながら寝支度をし、寝入るころには、なんだかもうどうでもいいような気がしてきた。けれど、なんだかくやしい。なんだか腹立たしい。「明日になっても、ぜったいにどうでもいいと思っちゃだめだ!」私は自分に言い聞かせるように幾度も思い、眠りについた。

そして翌朝、実際に、どうでもよくなっているのである。面倒くさいというよりも、なんだかむなしくなってきそうではないか。いや、すでに私はむなしい気分だった。

もうぜんぶなかったことにして、忘れてしまったほうがよほど気が楽なのではないか。でも。

そこで私をむなしさにうち勝たせたのは、旅の体験である。今まで、ひとり旅であんなにがんばってきたではないか。一〇〇円、二〇〇円の価値ではなく、ただごまかされたことがくやしいから、それがこの後もほかの人相手に続いていくことが腹立たしいから、うっとうしいほど金返せと言い続けてきたのではないか。今だってそうだ、五〇〇円で何ができるかなんて考えてはいけない、ともかく闘うんだ！　やけに大仰な気分に盛り上げ、ようやく私は受話器を手にした。

またしても知らない人に事情説明すると、事実関係を確認して、また午後にかけなおします、とのこと。そうして午後に電話をかけてきたのは、営業所の人ではなくて、昨日の運転手本人だった。

あのー、昨日はすんませんでした、と言って、照れくさそうに笑っている。ああ、わざとだったんだな、とあらためて思った。思った瞬間、私を襲ったのは怒りではなく、恥ずかしさだった。私が恥ずかしがることなど何ひとつないのに、でも恥ずかしかった。多くもらったお金、返します、どうすればいいですかね、と運転手は言う。現金書留で送ってくれ、と私は住所を告げて電話を切った。

ひとり旅でごまかしを糾弾し、正規料金を支払ったときは、安堵（あんど）やら勝利感やらを味わうのだが、このときは「やった」という気持ちなんかこれっぽっちもなく、ただひたすら、恥ずかしく、むなしく、かなしかった。ぼったくりは、旅の非日常とは似合うが、日常とは似合わない。というよりも、私たちは闘う日常には慣れていないのだ。

　運転手は初老の男性だった。私の父が生きていれば、父より少し年下くらいだろう。都心で仕事を終えて帰宅する、（私は若くはないが、それでも）娘といっていいような女の客から、五〇〇円かすめとって、いったいどんないいことがあるんだろう。さらに、その女の客は五〇〇円ごときであちこちに電話をかけて騒ぎ、おまけに現金書留で五〇〇円を送り返せと言う。

　たった五〇〇円。立ち食い蕎麦(そば)ならお釣りがくるが、食堂の定食にはちょっと足りない。運転手が郵便局に赴いて現金書留の封筒を買い、切手を買い、投函(とうかん)する手間に匹敵する金額かどうか。私がこれほどのむなしさとかなしさを感じる代価としてはどうか。

　現金書留なんてひょっとしてこないかもしれないと思っていたが、後日、ちゃんと送られてきた。ちっともうれしくなかった。やっぱり恥ずかしく、むなしく、かなしい五〇〇円であった。

贅沢小心

奢ることが好きである。もちろん高級フランス料理店を貸しきりにして何十人も奢れるほどの甲斐性はない。けれど常識の範囲内であるならば、奢られるより、奢るほうが断然好きだ。

出さない、より、出す、ほうが気が楽でもある。

私は人より多く酒を飲むという自覚があるので、居酒屋で割り勘をする際、（理性が残っていれば）人より多めに支払う。それでも寝てしまえば払った記憶もなくなって、翌日、「私は料金を払いましたでしょうか」とびくびくしながらメールを打っているのだが。

友人たちが本当のところどう思っているのかはさだかではないが、飲酒飲食に関して、私はたいへん太っ腹な人間である、と自分では思っている。

しかしまったく奇妙なことに、太っ腹になれない飲食もある。ひとりの食事だ。

ふだん、ひとりの食事のとき、私はたいてい自炊する。ひとりで飲食店に入るのが苦手だからだ。「ま、ひとりだし」と、いつもより品数の少ない、でも好物の肉ばかりが多用してある献立を食す。ふだんの日なら、それでもかまわず、自分が太っ腹かどうかなどと考えずにすむ。

問題は、何か記念すべきような日に、ひとりで食事をしなければならないとき。たとえばクリスマスとか誕生日、重荷だった仕事がやっと終わった日。とくべつなことがなくても、「今日は盛大にいきたい！」というような気分のときも、ままある。だれかがいっしょに祝ってくれればいちばんいいのだが、恋人も友だちもあいにくその日がNG、ということは案外多い。

たったひとりの記念日。そういうとき、レストランに颯爽とひとりで入っていける気概を持ち合わせていない私は、ふだんより贅沢な夕食にしよう、と決める。いつものテーブルワインではなく、友人のお祝いごとに贈るような高価なワインを買って、贅沢極めつきの肉を買おう、と決意する。魚より肉を愛している私が、こういう機会に思いつくのは、本マグロの大トロとか尾頭付き鯛ではなくて、きまって「肉」なのである。

豪華献立を考えているとわくわくしてくる。ひとりで記念日を過ごさねばならない鬱屈など吹き飛ぶくらいのわくわくである。そして、意気揚々とデパートに向かう。豪華夕食なんだから、スーパーマーケットではだめなのだ。

ワイン売り場の前に立つ。一〇〇〇円台から一万円台まで、さまざまな国からやってきたワインが並んでいる。もっと高い値段のものは奥のセラーに入っているのだろう。

ところでワインは、ほぼ正確に値段と味が比例するらしいと聞いたことがある。高ければ高いほどおいしいらしいのだ。ワイン通の知人に「それってほんと？」と訊いたところ、「本当と思ってよい」との答えであった。よし、値段で選んでやるぞ、と意気込んで数字を見ていく。

産地とかぶどう種とかに詳しくない私は、もちろんいつだって購入の際は値段で選んでいるのである。しかし今日は基準が違う。「安くておいしそうなもの」ではなくて「おいしくて当然な高いもの」を選んでいるのだ。一万円以上する瓶に手を伸ばし、しかし、ここでいつも私は手を引っ込めてしまう。

だってひとりだよ……、という躊躇が、胸の奥にぽつりと生まれ、それがじわじわと全身に浸透していく。ひとりで一万円以上するワインを飲むってもったいなくないか？　友だちにふるまうならまだしも、ワインの味がわかるかもあやしい自分に一万円以上のワイン……。引っ込めた手は、一万円前後のものに移り、やがて、五〇〇〇円前後のものに移る。

ひとりの贅沢なんだから、五〇〇〇円だって高いくらいだと、気づけばいつものテーブルワインに手を伸ばしていて、はっと我に返り、またしても手を引っ込める。これじゃいつもと変わらないじゃないか、今日は記念日なんだから奮発しろ、奮発！　自身に発破をかけて、そしてようやく五〇〇〇円程度のものを買う。

　なんたる小心。ひょっとして私はケチなのか。せっかく高級ワインをおいしく飲もうと決めて、いさんで家を出てきたのに。銀行でお金だっておろしてきたのに。私は五〇〇〇円ワイン入りの袋を提げ、肉売り場へと向かう。

　そうだ、肉も買わなきゃいけないのだからワインは五〇〇〇円でよかった。ワインを当初の決意よりケチったぶん、肉はいっちばん高いのを買おう。そう決めると少し気分が上向きになる。

　そして肉のショーウインドーの前に立つ。ステーキ用の肉を眺める。一〇〇グラム五〇〇〇円の松阪牛、三〇〇〇円と二〇〇〇円の仙台牛、一〇〇〇円の黒毛和牛、七〇〇円の特売品……と、これまたワイン同様さまざまである。

　どうなさいます？　と、ショーウインドーの内側から店員さんが声をかける。

　いっちばん高いのを買おうと決めた矢先であるのに、「一〇〇グラム五〇〇〇円のステーキ用を」という言葉が出てこない。どうしたって出てこない。

　だってひとりだよ……、またしてもその言葉が全身に広がる。人にふるまうならまだしも、ひとりでこんなに高い肉……。「おいしーい」って言っても、だれも「そうだねえ」って言ってくれないのに一〇〇グラム五〇〇〇円は、ないんじゃないか。じゃ、三〇〇〇円？　二〇〇〇〇円？　一〇〇グラム二〇〇〇〇円だって一枚買えば五〇〇〇円近くするよなあ……。

　悩む。延々悩む。こんなに長時間ショーウインドーの前にはりついていたらへんだと思われる、と頭の片隅では思っているのに決められない。そんな私を見かねたのか、店員さんが、

「今日は一〇〇グラム七〇〇〇円の黒毛和牛がお得ですよ、いつもは一二〇〇〇円の品なんです」などと声をかける。咄嗟(とっさ)に私は救われたように顔を上げ「じゃあそれ、一枚ください」と言っている。

　ワインはいつもよりほんのすこーし高いもの。肉は特売品。意気揚々と出かけた結果、これらを私は持ち帰る。

　家に帰り着くころには、かすかな自己嫌悪。

　私はケチなのか、小心なのか。

　今日は奮発しようと決めたのに、なぜ実物の前に立ち数字を見るとああも腰がひけるのか。

　これが友人との食事ならば、躊躇なく私は（ふだん自分では飲まない）高いワインを買い、（ふだん自分では買わない）高い牛肉を買ったであろう。ってことは、私はケチで小心な上、見栄っ張りなのだろうか？　今まで太っ腹な「ほう」だと信じてい

たのに！

　そのかすかな自己嫌悪のゆえに、せっかく緻密に計画していた献立も、なんだかどうでもよくなって、「生ハムのサラダ、省略でいい。トマトが野菜室に残ってるからそれを切ればいいや。南瓜のポタージュ、省略。ひとりの食事を用意するのにフードプロセッサーを出すのが面倒くさい。冷蔵庫の大根と椎茸で中華スープを作ればいいし。付け合わせの根菜のチーズのせグリル、省略。ステーキにチーズじゃカロリー過多だ。冷蔵庫にきんぴらが残ってたからそれでいい」と、テーブルには残り物が次々と登場。しかも和洋中がぐちゃぐちゃ。

　きんぴら、中華スープ、（特売）ステーキ、トマト、ワインがテーブルに並び、ひとりで記念日ごはんである。

　しかし、かなしいかな、特売七〇〇円のステーキだっていつもは食べないのだから、ちゃんとおいしいのである。いつも二〇〇〇円前後のテーブルワインに慣れた舌には、五〇〇〇円のワインだってすばらしいのである。「うわー、意外においしいー」などとひとりでつぶやきつつ、先ほどまでの自己嫌悪はさっぱり忘れ、悦に入る。すっかり贅沢をしている気分になれるのだから、まったく安上がりな人間だと自分でも、思う。

　先だって、我が家で飲み会があり、飲み会の準備のため買い出しに出かけた。ワイン売り場にいき、ひとり豪華ディナーよりは高いワインを数本選び、「これでは足りないかも」と不安になって、「どうせなら豪華なの一本」と数本よりさらに高いものを抜き取った。

　ところがいつもの飲み会のつねで、最初の一杯こそ「このワインおいしいね」「そう、奮発したから」などという言葉は交わされるものの、杯を重ねるにつれておしゃべりに夢中になり、やがてワインの味などまったくわからなくなってくる。ワインを途中でホッピーに変えても、だれも気づかないのではないか。もちろん私も、である。

　さらに、酔っぱらって、いちばん豪華な一本がどれだったか、もうわからなくなっている。どれだかわかっても、すでに味などわからないのだが。

　深夜まで話しこみ、笑い合い、深夜過ぎにみんなを送り出し、倒れるように眠る。翌朝台所へいけば、昨日の人数より多い空き瓶がぞろぞろと並んでいる。私はしゃがみこみ、そのラベルをしみじみと見て、「奮発したのに、ちっとも味がわからなかった……」とひとりつぶやく。

　どうして逆のことができないのか、まったく謎(なぞ)である。いつか私に、自分ひとりに思いきり贅沢させてやる日がくるのだろうか。それとも「だってひとり」の小心のままなんだろうか。

　いや、そんなことで悩むより、記念日にはかならずだれかが豪華ディナーを奢ってくれるような人になれる日がくるのかどうか、考えたほうがいいかもしれない。

傘の値段は正しいか？

私が二〇代から三〇代になるあいだに、世のなかにはずいぶんと値段の安いものが増えた。一〇代、二〇代だったころは、全体的に、世間で売られているものは高かった。もしかして、一〇代、二〇代のときは金銭的に余裕がなかったからそう思うのだろうか、と考えてみたが、違う。バブル崩壊後しばらくたって、価格の安いものが急激に増えた。私の金銭感覚が変わったのではなく、やっぱり、世のなかの金銭感覚が変わったのだと思う。

牛丼やハンバーガーはびっくりするほど安くなり、食器や化粧品が一〇〇円で買えるようになった。洋服や眼鏡も、低価格の店が次々と登場した。ひと昔前は、安い服、安い鞄（かばん）といえば、それは本当に安っぽい服であり安っぽい鞄であり、身につけるときちょっとだけ、恥ずかしいな、という気分が伴ったものである。それが今や、安い服は安っぽく見えないし、よしんばそれが低価格の店のものだと周囲にばれても、ちっとも恥ずかしくない。安いものが増えて、安いことは恥ずかしいことではなくなったのだ。

今、自分が高校生や大学生だったら、ずいぶん楽だろうなと思う。圧倒的に小遣い銭が足らず、なのに物欲だけ爆発していたそのころ、今みたいに安い服や安い雑貨がたくさんあれば、だんぜん日々の（経済的）生活がたのしかったろう。いや、当時だって充分たのしかったのだが、「ものが高い」という感じというのは、ずっとあった。私が高校生のころは、一杯二〇〇円以下で飲めるコーヒーチェーン店すらなかったのだ。

そんな時代にワカモノ期を送った私が、その価格にもっともびっくりするものは何かといえば、傘である。

服も眼鏡も雑貨もコーヒーも安くなった。でも、それにはあんまり驚かない。ただ、安い傘の存在には未だに慣れず、未だに驚いている。

その昔、傘は高かった。ビニール傘ではなく、ごくふつうの傘で、もっとも安いものだって一〇〇〇円以上はした。一〇〇〇円、なんだ、安いじゃん、とお思いでしょう。けれど、傘はなくす。かならずなくす。かならずなくすものの値段が一〇〇〇円以上、というのは、いかにも高い。

かならずなくすんだから、もうビニール傘でいいではないか、というのは、おっさんの考えかたである。一〇代及び二〇代前半ころの私は、まだおっさん化しておらず、そんなふうには思えなかった。やっぱりかわいい傘を持ちたい。まわりを見れば友だちもみんな、それぞれにその人らしいかわいい傘を持っているではないか。それで、エイヤ、とちいさく自身に発破をかけて、自分には高いとしか思えない傘を買うのである。

未だに覚えている。高校生のとき、三〇〇〇円の傘を買ったことを。真っ赤な無地の傘だった。この赤が、派手すぎず地味すぎず、いい具合の赤だった。洋服で一万円は使えても、ケーキバイキングで二〇〇〇円は使えても、傘の三〇〇〇円は痛かった。いいのか、いいのか本当に、と自問自答しながらレジに向かった。

雨の日は気が気ではなかった。なくさないよう、忘れないよう、つねに気を張っていた。

でも、なくなるのだ。傘というものは、どうしようもなくなくなるものなのだ。傘を買ったときのことは鮮明に覚えているのに、いつ、どこで傘をなくしたのかはまったく覚えていない。きっと、つらすぎて自動消去したのであろう。

それに懲りてビニール傘を使用するかといえば、そんなことは女子魂が許さないのだった。三〇〇〇円よりは安い、一五〇〇円とか二〇〇〇円の傘を買ったような記憶がある。

二〇代も半ばを過ぎると、だんだん自身の内にちいさなおっさんが住みはじめ、「ビニール傘で充分」と甘くささやき、自分にとって高いと思われる傘はあまり買わなくなった。「あまり」というのは、ときたま、おっさん魂に女子心が勝り、「一本くらいすてきな傘を持っていなくちゃ」などと思い、購入することもあったからである。

そうして傘の値段に仰天したのがつい数年前。

地元商店街を歩いていたら、急に雨が降りはじめ、近くにあった雑貨屋に飛びこんだ。店の隅にかわいらしい傘がたくさんあったので、一本、買うことにした。三〇〇〇円、と言われても、高いと相変わらず思いはするものの、高校生のときのようにはどぎまぎしない年齢になっていた。

その傘をレジに持っていくと、お店の人は「五〇〇〇円です」と言う。「はあ!?」と、思わず訊き返した。「五〇〇〇円になります」と、くり返される。

その傘はビニール傘でもそれに準じた傘でもなく、かわいらしいプリント柄の、赤い取っ手のきちんとした（そのように見える）傘だった。

この人、何か間違えてるんじゃなかろうか、と不安になりつつ、五〇〇〇円を払い、店の外に出た。買ったばかりの傘をさして歩きながら、お店の人が「値段間違えました」と追いかけてくるのではないかと思っていたが、そんな気配はなかった。その傘は、本当に五〇〇〇円だったのである。

それからだ。町の至るところで、安い傘を見かけるようになったのは。店頭に「五〇〇円」だの「三九〇円」だのと値段を書かれ、傘が並んでいる。どれもこれもビニール傘ではなく、かわいかったりうつくしかったりする、ごくふつうの傘。このような傘を売る店は当然傘専門店ではなくて、雑貨屋とか文房具屋とか、なぜかカメラ屋だったりする。

私はそういった値段を見るたび、いちいちぎょっとし、「これは傘の値段ではない」とひそかに思い、そしてなんとはなしに、そこに並んでいる傘が気の毒になる。

では私はそうした低価格傘をいっさい買わないかといえば、そんなことはない。買う。買いまくる。私は雨降りの日が苦手で、天気予報が「午後から雨」と告げていても、希望的独断で信じない。「雨が降るわけないよな」ではなく「雨、降ってほしくない」と思うがゆえに、家を出るとき傘を持たない。けれど天気予報はたいてい当たる。そんなとき、すぐに傘を買う。以前だったらあり得なかったことだが、でも、五〇〇円やそれ以内で買えるとなると、つい買ってしまうのである。しかも、かわいいし。

それで傘はどんどんたまる。かつてはぜったいになくなるものだった傘が、今は増えるものに変わっている。一本どこかでなくしても、帰り道にまた買うから、減らないのである。

二〇代のころ、傘が、一年たって自分のところに戻ってきたことがある。

某ホテルで文学賞の授賞式があり、私は選考委員でも受賞者でもなかったのだが、呼ばれたので出席した。その日は雨降りで、傘は入り口の傘置き場に入れた。銀色の鍵をかける傘置き場である。授賞式ののちパーティーがあり、そのまま二次会にいくことになった。ホテルの前に次々とタクシーがきて、二次会にいく人は順々に乗っていく。私も乗った。とうぜん酔っぱらっている。数日後、クリーニングに出そうとした洋服から、銀色の鍵が出てきて、「ハテ」と考えた。なんの鍵だっけ。傘を忘れたこと自体、忘れていた。

この傘、さほど高価なものだったわけではない。でもビニール傘でも低価格傘でもなかった。そして、なくしてばかりの私にしては、ずいぶんと長く手元にある傘だった。だから、傘を忘れたのだと気づいたとき、ほんの少し「あーあ」という気持ちになった。「縁のある傘だと思ってたのに、結局離ればなれか」というような気分。私がホテルにいく用事なんて、文学賞のパーティーくらいしかないのだから、何かのついでに取ってくる、なんてことは、まず、ない。

特別仕様の傘だったり、ものすごく高級な傘だったりしたら、きっと取りにいっただろう。どこで忘れたかは明確なのだ。あるいは、低価格傘だったら、どうでもよくなってすっぱり忘れてしまっただろう。でもそのどちらでもなかった。一〇〇〇円か、高くても二〇〇〇円程度の傘。取りにいくほどでもなく、でも、長く使った愛着はある。

傘を取りにいくだけなのに、用もない都心の町に出向き、あのホテルにいく、なんてやっぱり面倒だよなあ、とくよくよ思い悩み、結局取りにはいかないまま、ゆっくりとそのことを忘れていった。

あ、このホテルに傘忘れたんだ、と気づいたのは、その一年後。打ち合わせに、そのホテルのティールームを指定されたのだった。仕事相手と話しながら、私は唐突に傘のことを思い出した。打ち合わせが終わって、まさか相手にはしてもらえないよな、と思いつつ、ホテルのフロントで、「一年前に傘を忘れたんですが」と、言ってみた。するとフロントの人は、絶句するでも呆れるでもなく、「どのような傘でしょうか」と訊くではないか。私は説明した。お待ちください、と言い残し、その人はどこかに消えた。

十数分がたったころ、その人が戻ってきた。手にはなんと、一年前に忘れた傘。「ストックルームにございました」とのことである。

以来、私はそのホテルのファンになった。ホテルってこういう場所なんだな、と思い知ったのである。徹底して人に寄り添おうとする場所。

今みたいに安い傘ばかり買い、忘れ、買い足ししているようでは、ああいう感動はちょっと得られまい。そう思うと、傘の値段が安くなってありがたいが、ちょっとさみしい気もする。

お得なんです

ふだんは自分の年齢など忘れている。だいたい私は二七歳くらいの気分で日々暮らしている。現役の二〇代の人には図々しいと思われるだろうが、三〇代半ば以降の人はみな同意してくれると思う。まだ若いのだ、と思っているわけではなくて、だいたいその年齢のころに、価値観や嗜好の幅が決まってしまい、その後大きな変化がないから、年をとったことを忘れているのである。

今は、ひと昔前より、世間が若作りに寛容になった。母親のことを思い出すと、二〇年前、三〇年前のおばさんは、きちんとおばさん的な格好をしていなくては「へん」だった。でも今、四〇代、五〇代のおばさんはみんな若々しい格好をしており、二〇代の子が買い物をする店で衣類を買っても、糾弾されることもないし奇異な目で見られることもない。娘の買い物をしていると思われているのかもしれないが。

しかしながら、自分の年齢をまざまざと思い出させる場所というのも、存在する。たとえば携帯ショップである。

この数年、携帯電話を扱う、駅のキオスクのようにちいさな店は至るところに出現した。携帯電話を買い替えることの滅多にない私には、そもそも縁遠い場所ではある。なぜかように多いのかもよくわからない。しかしどの店にも、必ずひとり二人、客が入っている。その客が何をしているのかも想像がつかない。みんながみんな、そんなにしょっちゅう携帯電話を新規に買ったり、機種変更をしているわけでもないだろうし、修理をしているのでもないだろう。

携帯ショップをそんなふうに遠巻きにしている私だが、やっぱり立ち寄らざるを得ない場合もある。

海外出張が多いので、海外でもふつうに使える携帯電話に変えるため、仕事場の近くにある携帯ショップにいった。店内に並んでいる携帯電話をひととおり眺め、これにしようと決め、「これください」と、店員に告げた。店員はずいぶんと年若い男の子である。

機種変更の手続き、新規申し込みなどひととおり終わり、支払いの段階になった。するとこの男の子は、「携帯電話本体の料金を二年間の二四回払いにすることをお勧めします」と言って、そうした場合の料金形態がどうなるかを説明しはじめた。この段になって、さっきまでは難なくわかった男の子の言葉が、唐突にわからなくなった。私は彼の説明を遮り、「電話本体の料金、今一括で払っちゃだめ?」と訊いてみた。

「でもこの電話機、六万八〇〇〇円なんです」と、男の子はよくわからない返答をする。しかも、電話機、異様に高いではないか。私が携帯電話をはじめて買ったころは、ゼロ円とか一円の携帯電話もあった。「どうしてこんな値段なの」といっしょに買いにいってくれた友だちに訊くと「古くなった機種だから」とのことだった。六万八〇〇〇円と聞いて、「どうしてそんな値段なの」と店員の男の子に同じように訊きたかったが、「新しい機種だから」と答えを予想し、訊かなかった。六万八〇〇〇円はずいぶんな高額であるが、でも、二四回払いはいやだ。

「じゃクレジットカードで一回払いで払います」と私は言った。すると男の子、じつに困った顔をして、私にはまったくわからない言葉をとうとうと話し出したのである。日本語であることはわかる。わかるが、彼が何を言っているのかさっぱりわからない。こんなこと、生まれてはじめてである。私は眉間にしわを寄せ、集中して彼の話を聞き、やっぱりわかる言葉はないに等しいのだが、唐突にあることをひらめいた。

「もしかしてあなたが言っている二四回払いというのは、つまり、二年間契約を切らないでほしいってことなの？　一カ月後にやっぱりほかの携帯会社にするって変えられたら困るからってことなの？」

男の子に詰め寄って訊くと、彼はますます困った顔になり、

「いえ、そういうことではないのです」と言い、さらに説明を重ねていくのだが、またしてもわからない言葉を連発。私は言葉のわからない人が対応していることをアン

ラッキーと思っているが、彼もまた、言葉の通じない客を相手にしてしまってアンラッキーと思っていることがありありとわかった。そうしてこのとき、アンラッキーと顔に描いたまま私にはわからない言葉を延々話す彼を見て、私は自身の年齢を実感した。私四〇過ぎなんだ、と。若い子の言葉がもうわからなくなってしまったのだ。

「でも、ごめんなさいね、私、一括で払いたい」

彼の話が一段落したところで、もう一度そう言ってみた。ずいぶんシュールな展開だと思いつつ。

だって、お金を払わないと言っているわけでもないし、まけろと言っているわけでもない。ある金額のものをその金額で買うと私は言っているだけなのに、店員は鼻のあたまに汗かいてそれを阻止しようとするのである。

すると男の子は私への説明をあきらめ、少々お待ちくださいと泣きそうな顔で言うと奥に引っこみ、責任者らしき男を連れてきた。この男も私よりは年下に見えるが、でも彼よりは年長らしい。

「ご説明させていただきます」と、にこやかに言う。でもその説明が、またしてもわからない。

ひととおり聞き、「やっぱり一括払いで今払います」と鞄(かばん)から財布を取り出したところ、

「あのですね、一言で言うと、二四回払いのほうが一括よりもずっとずっと、お得なのです」

と、責任者らしき男は言った。ようやく私のわかる言葉の登場である。火星から帰ってきた気持ち。

「つまり、お得だからそちらにしろと勧めているのですね」と訊くと、

「そうです」と、彼も言葉の通じた満足の笑みを浮かべている。

何がどうお得なのかさっぱりわからなかったが、まあ、お得なら悪いことでもなかろうと私は二四回払いを承諾した。店を出るときは一キロ全力疾走したくらい、疲れていた。

仕事場にとぼとぼと戻りながら、年をとるってこういうことなんだなあ、と私はしみじみ考えた。

まず、ワカモノの言葉がわからなくなる。でも、町の至るところにワカモノが満ちている。駅にも、交番にも、飲食店にも、商店にも、銀行にも、役場にも。電車の乗り換えがわからない、手続きの仕方がわからない、そう思って助けを乞うても、彼らは私にはわからない言葉をとうとうとしゃべり出す。ああわからない、わからない、と戸惑う私に、ああ通じてない、通じてないと失望しながら相手はさらにわからない言葉で説明し、そうして最後、「お得なんです」免罪符を出し私を無理矢理納得させ

るのだろう。

かつて私の母が、地下鉄乗り場で職員に道を尋ねたところ、たいへんぶっきらぼうによくわからない答えを返され、憤慨して私に電話をしてきて、「まったく、どいつもこいつも、自分の母親を思い出すべきだ！」と言ったことがある。自分の老いた母を思えば、そんな乱暴な応対はできまい、と母は言うのである。そのとき私は「そりゃおかあさん、あまりにも自分勝手な考えだ」と一笑に付したが、今思い返せば母の言うとおり。みな自分の老いた母を思い出し、ＤＶＤはおろかビデオにテレビ番組の録画もできない母が理解できる言葉で、理解できるように話すべきなのだ。

携帯ショップにはもう二度といくまいと、買ったばかりの携帯電話を握りしめて私は思った。だってこの先、私はずっと年をとっていく。あの若い子たちの言葉はもっともっと複雑怪奇に思えてくるのだろうから。

それにしても、携帯電話の値段というのも私には不可解な世界である。ゼロ円、一円という、ふざけた値段もよくわからない。いくら古い機種とはいえ、ちっこい精巧な機械なのだ。さらに六万いくらというのも理解できない。洗濯機よりカメラより高いではないか。陳列された携帯電話には、二万円とか五万円と表示されていたが、機能に詳しくない私からすれば、その値段の幅も奇妙だ。以前炊飯器を買った際、値段の一万円違うまったく同じデザインのものがあり、この一万円の差は何かと店員に訊いたところ、一万円高いほうが炊飯器でできるメニュウが多い、ごはんの味はまったく変わらない、との答えであったが、そんなような明快な違いを明快に書き記してほしい。

携帯電話にテレビがついたときも驚いた。その技術に驚いたというよりも、テレビを携帯したい人が世のなかにはいるんだ、という驚きである。そんなにまでして見たい番組とは、いったいなんであろう。いや、この考えかたがもうおばさんなのだろうな。見たい番組があるからテレビつき携帯を買うのではなくて、新しい機種がかっこよくて買うのだろうし、そしたらテレビがついているからなんとなく見るのだろう、ワカモノは。メール打ったりテレビ見たり、ともかくワカモノはなんにもしない時間がこわくてしかたがないのである。思えば私もそうだった。予定のない日はひとり置いてけぼりみたいな気分になったものだった。

どうかなくならないで、こわれないでと、携帯電話を使うたび、祈るように思っている。とうぶん携帯ショップにいきたくないのだ。

なぜか言い訳

ものを買うときに、自己内言い訳をしたくなるときがあるのは、なぜだろう。

私の場合は衣類を買うときの言い訳がもっとも多いように思う。「こういうのが一枚あればぜったいに重宝するから」とか、「白は汚れるけど、まあ夏だから涼しげなほうが」とか、ときには「そんなに似合っているようには思えないが、でもほしいから買ってもいいのだ」といったことまで、胸の内で言い訳していたりする。自分に言い訳したってなんにもならないと重々承知しているのに、ほとんど無意識でそうしているのである。

これはなんとなく理由が思い浮かぶ。母親の教育の賜物（たまもの）だろう。一般的なのかどうかはよくわからないが私の場合、自分で洋服を買う高校生ともなると、母のチェックとの闘いがはじまった。母親はとかく「そんな露出の多いものを買ったの？」「それ、古着じゃないの？」「おんなじようなものをもう持っているじゃないの」「どこに着ていくつもり？」等々、何かしらコメントする。いくら？　と訊（き）かれて値段を答え、それが高ければ「えーっ、そんなにするの」安ければ「そんな安物、買っちゃダメじゃないの」。何気なく言っているのだろうが、こちらとしてはいっさい口を出されたくない。しまいに、何か買ったときは買い物袋が見つからないよう、さっと玄関から自室に直行したりもした。

これが習慣になってしまって、まるで母に言い訳するように、自身に言い訳しないといられないのだろうと推測する。値段が高ければ「でもモノがいいから」、安ければ「お手ごろ価格だったし」、おんなじようなものをすでに持っていれば「あれは裾が開いていて、こっちは閉じてるんだから、ぜんぜん違う」と、内々でつぶやかずにはいられないのだ。自分で働いて稼いだお金で買い物をしているというのにねえ。

そういえば、私の友人は、夫がそのようなコメント派らしい。洋服屋の紙袋を提げて帰ると、まず「あれ、また服買ったの？」と言う。新しい服を見て「似たようなの持ってるじゃん」と言う。私の母と同じく、まったく悪意なく口をついて出るようだが、だんだん、そのコメントを聞くのが耐え難くなってきて、なんと彼女、高校生の私と同じく紙袋を隠すようにして帰宅したり、夫のいない時間帯に宅配で送ってもらったり、しているらしい。彼女も自分で働いたお金で買い物をしているのに、まったく不思議な心理である。

買い物時にした言い訳で、最大のものはなんだろうと暇にあかして考えてみた。衣類でも、分不相応に高価だったアクセサリー類でもない、あるものが思い浮かんだ。

あるもの——それは万年筆である。

数年前、編集者数人と取材で鳥取を訪れた。一日の取材が終わり、でも夕食にはほんのちょっと早い中途半端な時間。おみやげ屋でものぞくか、などと話していると、編集者のひとりが「この町にすごく有名な万年筆のお店があるんです」と、言う。「特注で作ってもらえて、作家のだれそれもそこの万年筆を愛用しているそうです」

私たちは総勢七名ほどいたのだが、その七名の顔つきがぱっとふたつに分かれた。興味がある顔と、まったくない顔と。まったく興味のないらしい二人は、そのへんを歩いてくると言って去っていった。残り五人は、「いってみよう」と早速その万年筆のお店に向かったのである。

私はといえば、興味がなくもないが、でも買うつもりはちっともなかった。そもそも私は人からいただいた万年筆を三本も持っている。それぞれ使いやすい。しかも私は、その使いやすい万年筆ですらめったに使わないのだから、新たに買う必要なんかちっともないのである。

でも、見てみたかった。作家がオーダーして使うという万年筆を、ミーハー魂で見てみたかった。それで万年筆屋に向かう一行に付き従っていったのである。

万年筆情報を教えてくれた男性編集者は、すでに買う気満々のようである。それにつられ女性編集者一名からも、買おうかな、というオーラが出ている。お店の方に話をうかがい、いろんな種類の軸を見せてもらい、すると買う気満々の編集者が、「ぼく買います」と宣言。早速好きな太さ、柄、長さ、デザインの軸を選ぶが、このお店、それだけではないのだ。なんと書き手ひとりひとりにお店側はカルテを用意。住所と氏名を三回ずつ書くあいだに、お店の人は利き手、書き癖、指の位置、腕の位置、角度、傾斜、強度、速度、などさまざまな点をチェック、記入していく。それをもとに職人さんが、その人に合った万年筆を製作してくれるのである。

文字を書く編集者と、それをじーっと見てカルテを作るお店の人を見ていたら、でも。

「私もほしい」という物欲が急激にわき上がってきた。

でももうすでに三本持っている。パソコンで原稿を書く私が万年筆を使うのは、お礼状など手紙を書くときだけだが、インクを詰め替えたり買い足したりするのが面倒で、その三本すら満足に使ってないじゃないか！　しかもこの店の万年筆は相当に高級である。そんな、自分だけのために作られる万年筆が、安かろうはずがない。ちまちま言い訳しながら私の買う衣類どころの騒ぎではない。これだけの金額を、そうそう使いもしない文房具に出せるのか。そう、万年筆は文房具なのである。自分の持っている文房具を思い返してご覧なさい。シャープペンシル三〇〇円、はさみ八〇〇円の世界ではないか。こんなに高級なものをそんな仲間にまぎれこませてよろしいはずがない。しかも、一本一本職人さんが手作りするため、順番待ちで、今買っても届くのは一年半後という。一年半ののち、ほしくなくなっている可能性だって、なくはない。

でも、でもほしい。

私は次第に高まる物欲をおさえるため、カルテ作成中の二人から目をそらし、サンプルの軸を眺めていった。太いのも細いのもある。丸っこいのも角張ったのもある。水牛、白檀(びゃくだん)、セルロイドと素材もいろいろ、オレンジ、マーブル、黒、薄茶、緑と色もさまざま。やばい。物欲をおさえるため目をそらしたのに、もっともっとほしくなってきた。

さてここから、私の壮絶な言い訳がはじまる。ハタから見ればずらり並ぶ万年筆の軸を静かに眺めているだけだが、心のなかでは言い訳の大嵐(おおあらし)。

あんた仮にも肩書きに作家と書いているんだよ。万年筆は仕事道具でしょう。いいもの持っていて当然でしょう。三本はほとんど使っていないけれど、これは使うかもしれないじゃないの。だって自分専用だよ？ 完璧(かんぺき)オーダーメイドだよ？ 既製品より使い心地がいいに決まっているじゃないの。あ、署名署名、本に署名するとき筆ペン使ってるけど、次から万年筆にすればいい。そうすれば買う意義もあるってもんだ。しかも作家のだれそれも使っているそうじゃないか。面識はないが、大作家とお揃いじゃないか。私もこの縁にあやかっていい小説が書けるかもしれないじゃないか……と、調子のいいことまで考え出す始末。

でも、決められなかった。万年筆を使う頻度もあるけれど、やっぱり値段が私にはずいぶんと高いのだ。男性編集者がカルテ作成を終えると、女性編集者も「私もお願いします」と、カルテ作成用の椅子に腰掛ける。私のわきに立っていた、もうひとりの女性編集者が、「やっぱり商売道具だものね。一生ものだものね。私も買おう」と、つぶやく。ああ、彼女も自己内言い訳をして決意したのだなと、そのつぶやきに妙な親近感を覚える。

「でも届くの、ずーっと先ですよ」私は自分に言い聞かせるように彼女に言った。

「だけどさ、ここ、鳥取じゃない。やっぱりほしいと思っても、それだけのためにまたこないと思う」

ああ、これは完璧。完璧な言い訳である。私はこの言葉にノックアウトされた。

「私も買います」と、私は意気揚々と言っていた。

そしてカルテを作ってもらう。私は書く姿勢に激しい癖がある。書きつける紙を、座る自分と垂直に置くのである。ノートならほとんど真横に曲げる。そうしないとまっすぐ書けないのだ。お店の人はそういう私の書き方を、変わった動物を見るような目でじーっと眺めていて、「すみません、こんなへんな書き方なのに立派な万年筆を……」と申し訳ないような気分になる。書き癖ばかりでなく、万年筆を使う用途の多いもの、手持ちの万年筆で不満に思う点など、あれこれと質問される。私は手紙を和紙の便箋に書くことが多いので、ペン先が引っかかるのがいつも気になると答えた。

一年半後、ほしくなくなっているかも、なんてことは、しかし杞憂だった。万年筆が届くのがずっと待ち遠しかった。もうすぐできあがりますよ、というお知らせがお店から届き、私たちは連絡を取り合ってわくわくとその日を待った。

そして、ついに届いたのである。自分のためだけの万年筆。名前もちゃんと入っている。

早速書いてみて、驚いた。自分に合わせて作ってもらった万年筆とは、こんなにも書き心地のよいものだろうか。しかも和紙に書いても、ペン先が引っかからない。あやっぱり買ってよかったと、ここへきてようやく数多の言い訳を引っ込める。ともに鳥取を旅した編集者たちといそいそ連絡を取り合い、「きた?」「きたきた」「どう?」「すごい」「ねー、すごいねー」と、しばし盛り上がったのは当然のこと。みんなやっぱり、ひそかに言い訳していたんだろうな。そしてようやく、言い訳から解放されたんだろうな。

ところでなんの取材で鳥取にいったのかは、すっかり忘れているのであった。

セールはお得か

　七月のあたま、所用があって百貨店にいったところ、セールがはじまっていてびっくりした。私の感覚では、セールはお盆過ぎにはじまって、セールが終了して秋物が並び、「もう秋物なんて気が早い」と必ず思う、そうしたものだった。もしかして年々セールは早まっているのかもしれない。

　ふうん、セールか、と思いながら、所用をすませ、まだ時間の余裕があったので、婦人服売り場や靴売り場をぶらぶらし、ぶらぶらしつつところどころでショックを受け、次第にショックは怒りへと変わっていった。

　だって、五月六月に買った夏服が、半額や三〇パーセントオフで売られているのだ。そのころ買ったものは夏の盛りを待って未だクロゼットにおさまって、袖を通してもいないのだ。七月のあたまにセールなんてするなら、金輪際、五月六月に夏物なんて買わないからな！　と、ほとんど八つ当たりの怒り。そうして怒りながらも、どうせセールにきたのだからと、気がつけば買い物をしていた。

　ところで私の母親は、セールというものを憎んでいた。「ぜったいにセールでもののを買ってはダメ」と、私が幼少のころからずっと言っていた。その理由は、「セールでは安かろう悪かろうのモノしか売っていない」と言うのである。私はずっとそれを聞いて育ったので、セールというのはそういうものなのだと信じていた。つまり、セールになると、お店側はそれまで陳列していた服や靴をしまいこみ、売れ残った服や粗悪品をわざわざ並べるのだ、と。

そうではなくて、昨日まで売っていたものがそのまま割安になるのだと知ったのは、二〇代の半ばごろで、それを知ったときはちょっと母を恨んだ。だって、昨日一万円だったものが今日五〇〇〇円ならば、だれだって今日買いたいと思うではないか。

しかも、二〇代半ばで初セール体験だから、免疫がない。まず混雑にびびる。混雑していると、その店に入っていけない。でも入りたい。でも入れない。多大な疎外感を感じながら、セール終了間際の、ほとんど品薄になって、隅にセール除外の秋物が並ぶころ、とぼとぼとセールに向かい、「みんなほしいものを存分に買ったんだなあ」といじましく思ったりする。思えば二〇代のセールの思い出は、そんないじけたものばかりだ。

セールデビューが遅いからか、今でも私はそうセールに熱心ではない。セールの達人は、セール間近に目当ての店にいき目当ての服や靴をあらかじめ試着し、セール初日にソレッとばかりにその店に駆けつけ、試着済みのものを買うのだそうである。そんなスゴ技を使ったこともないし、セール初日に駆けつけたりもしない。

私の知人で、香港のセールシーズンに彼の地へ飛び、ブランド品もそうでないものもわんさと買いこんでくる人がいるが、でも、飛行機代を加えたら正規値段のほうが安いのではないか、と夢のない感想しか持たない。セールのお知らせDMは読まずに捨ててしまう。

が、それでも、たまたま出向いた先で「セール」の文字を見ると、ワクッ、とする。あら、セール。セールじゃしかたない、見てみるか。と、意味不明のことを思いつつパトロールよろしく百貨店をうろつく。ありがたいことにどこも混んでいない。そうすると、何か買わなくては損な気分になるのである。これぞまさにセール心理。

何か買わなくては損、というのはそれ自体、矛盾している。必要のないもの、ほしくないものが、たとえ一〇〇〇円であったとしても、いらん出費である。私の場合、セール目当てにその場にきたのではないわけで、だから、ふらふらとセールに引きこまれていくというのは「今から無駄な出費をしますよ！」と宣言しているようなものなのに、本人、それに気づかない。

そうしてその店が混んでいないかぎり、品物を手にとり、さりげなく値段を確認し、「あら、ずいぶん安い」といちいち思う。一万円が五〇〇〇円になっていても思うし、一〇万円が五万円になっていても「あら、ずいぶん安い」と思う。五万円は私には高価だが、しかし一〇万円が消されての五万円だと、安価に分類してしまう不思議。

そこでほしいものが見つからないと、なんだかじりじりと焦りはじめ、何がなんでもほしいものを見つけなくちゃ、という気持ちになるのもまた、セール心理である。

それが一般的なことなのかどうかわからないが、ほしくもないものに囲まれつつ、でもなんか買わなくては損と思うと、私は何かしら買うべきものを見つけることができる。

ほしくはないが、買うべきもの。たとえば、ふだんならぜったい着ないような（つまり派手な）色やデザインのもの。どこに着ていったらいいかわからないようなもの。売り場で見ればかわいいが、はっきり自分には似合わないとわかるもの。ほしくもなく必要でもないが、あれば便利に思える超無難なもの。そうしたものを、気がつけば手にとって値段を確認し、「あら、ずいぶん安い」と熱に浮かされたように思っているのである。

そしてレジに向かう途中、ちらと理性が働く。ふだんなら買わないザ・冒険心みたいな服、本当に着る勇気があるの？　出席する予定のあるパーティーもないのに、なぜパーティー用の服を買うの？　似合わないものをどうやって着るの？　無難に見えて実際に着まわしのいい服なんて存在しないって、とうに知っているのではないの？

静かに、しかし切れ目なくわき上がってくる理性を、押しつぶす一言がある。

ま、セールだし。

セール心理を正当化する免罪符のような一言。これで理性は一気に吹っ飛ぶ。

ああ、お得な買い物しちゃった、とわくわくしているのは、帰って荷をとくまでの数十分である。紙袋から戦利品をとりだし、どうしてこんなものを買っちゃったのかしら？　と思う。が、ここでもまだ、まやかしのようなお得感と「ま、セールだし」は有効で、そのうち着るさ、うん着るさ、とクロゼットにもろもろをしまいこむ。

でも、着ないんだな。ほしくもないのに買ったものというのは、なぜか、本当に出番が少ない。数カ月後には買ったことを忘れたりもする。そうして衣替えの時期、クロゼットの奥に見慣れぬ服を見つけ、「あちゃあ」と思う。

さて。今年のセールはずいぶん早かった。今年もたまたまセール時期に百貨店を訪れ、まんまと買い物をしてしまった私は、今、冷静になって考えている。

セールを早めるというのは、百貨店の策略に違いないのである。五月六月に夏物を並べ、購買意欲を煽り、そして実際に購買させる。が、それらの夏物がまだ活躍するより先にセールを開催すれば、お客はまたセールにきて、いらんものを買う。私自身がまんまとその策略にはまっているのではないか！

そして梅雨明けより早くはじまった夏物セール、開催期間が異様に長い。まるまるひと夏やっている。友人への手みやげやおつかいものを買いに百貨店にいくたび、だから私はずっと気を引き締めていなければならない。またセールをやっている。でももう、この夏は必要なものはいっさいない。みずからにそう言い聞かせ、間違っても時間つぶしに館内を見てまわったりしてはいけないのである。

ところで、みずからのセール失敗談はいくらでも思い浮かぶのに、自分以外の女友だちは、失敗しているように思えないのもセールの妙である。まあすてきな鞄ね、とか、すてきな靴ね、と褒め、「セールで買ったのよ」と打ち明けられると、まあ、いいわねえ！　というような気になる。そうなのだ、私以外のだれも彼も、みんなセールを賢く利用して、お得なお買い物をしているように思えてならないのである。

おそらくこれは、おしなべて世の女性が、セール失敗談を声高に語らないからだと思う。失恋については語れるが、酔った失態については語れるが、しかしなんだか、セール関係の失敗を微に入り細をうがって語ることははばかられる。失恋より失態より、なんだかもっと個人的に恥ずかしいのである。

セールは本当に得なのかどうか、もう私にはわからない。一生わからないような気もする。だって、もしここで「セールは得ではない」と結論を出したとしても、セールと見ればワクッとし、ちょっと見てみるかとパトロールせずにはいられないのだろうから。

しかしながら、セール嫌いで、間違った根拠のもとにセールにいかない人生だった母を思うと、なんだか気の毒なような思いもする。あの「ワクッ」と浮き立つ感じ、「セールなんだったらしかたないか」という意味不明の自己肯定感、こういうものは恋にも似て、日々のなかの重要なスパイスという気もするのである。買って得したとか損したとかは関係なく、浮(うわ)ついた気分という大いなる無駄があってこその日々ではないかと、開きなおりでは決してなく、思うのである。

景気とマッチョとグラスイーター

八〇年代後半にバブル期と呼ばれる好景気の一時期があり、その後、景気は下る一方で、二〇〇八年の今も不景気が叫ばれている。八〇年代後半、私は大学生で、じつにシビアな意味での男女同権的演劇サークルに属していたから、バブルの恩恵を受けることはなかった。この時期、バブルの恩恵を受けたのは三〇代の働き盛りの会社員と、様子のよろしい若い女の子ではないかと私は想像する。

私は学費こそ親がかりだったものの、二〇歳からすでに仕事をして自分の生活費は自分で稼いでいたし、奢ってくれる男の子に会ったことがなかった。が、そんな私でも、やっぱりバブルという時代の空気をしっかり吸って生きていたんだなあと、いろんなきっかけで思ったりする。

昨年冬、見るともなくテレビを見ていたら、クリスマス特集で街頭インタビューが行われており、テレビ側スタッフは若いカップルを引き留めては「クリスマスをどう過ごすか」と訊いていた。そして驚いたことに二〇代の若者カップルの大半が「家で鍋」と答えていたのである。

家で鍋！　そんなの、今日だって明日だってできるではないか。

数日後、二〇代の若きサラリーマンと会食する機会があった。この男子が勤めているのは、私の学生時代、マスコミ志望者ならだれでも入りたいと願った憧れの広告代理店である。それでも受かるのなんて一〇〇人のうちひとりか二人で、そうして入社後のその子たちは先輩諸氏を見習ってずいぶん金遣い荒く遊んでいた。その派手さも含めての、みんなの憧れだったのだと思う。

その派手な広告代理店勤務男子に「恋人いる？」と訊くと、二〇歳の恋人がいるという。「クリスマス、どう過ごすの？」と重ねて訊くと、なんと、まあ、「家で鍋」と言うではないか。広告代理店勤務が言うのだから、もしかしてそれは、流行ど真ん中なのかもしれない。

「でも、家で鍋なんかやって、たのしいわけ？」と訊いてみると、

「たのしいに決まってますよ！　今から何鍋にするか、彼女と話し合ってて、すごく盛り上がってるんですよ」、とのことであった。何鍋にするかで盛り上がるのか……。

もちろんバブル期の恩恵を被っていない私は、ホテルのスイートルームを借り切ってシャンパンパーティーをしたり、値段が倍に跳ね上がるクリスマスメニュウのあるフランス料理店などでクリスマスを祝ったことはない。その時期の私がクリスマスをどう過ごしていたかというと、恋人がいないときは女友だちと安居酒屋で酒を飲み、

恋人がいるときは彼と安居酒屋よりはほんの少しましな居酒屋で酒を飲んでいた。「クリスマスはみんな（分相応に）外食」という刷り込みが、不思議となされていた。一八歳までは、クリスマスといえば実家で家族と鶏料理をもそもそ食べていたというのに、である。世間の風潮というのは、十数年間の習慣より、よほど強い刷り込み常識になってしまうものらしい。

安居酒屋も、居酒屋も、今考えれば「家で鍋」とそう変わらないが、しかし「家よりはまし」という気持ちがそのときはあった。そう、家ごはんというのは、クリスマスの過ごしかたとして最下層と思っていたのだ。そして今もそう思っている節（ふし）がある。しかし、これぞバブル後遺症以外の何ものでもない。

そうとは自覚せずバブル後遺症とともに生きている人は、けっこうたくさんいる。男性に如実である。

私と同世代の男性の七割は、女性と食事をしたら男性が支払いを持つものだと学生時代から思い込んでいる。学生時代の私は残り三割と接してきたのだが、それはどちらかというとめずらしいことのようである。私より一世代上、つまり、バブル期にもっとも恩恵を受けた人たちは、ほぼ一〇割がたが、食事は男性が奢るものと男女ともに信じている。

だからこの人たちは、恋愛がらみでなくとも、仕事がらみでなくとも、女の人には奢るし、同時に、女の人に奢られるのを格好悪いと思っている。

　バブル後遺症組と食事をした場合、その時期その人がどのあたりに位置したか、なんとなくわかる。あ、そのときこの子は新入社員だったな、スマートにお金を遣う先輩たちを見てかっこいいと思っていたんだな、とか、あ、この人は当時ばりばり働き盛りで、会社のお金でものすごく遊んだな、とか。レストランの選び方や、従業員への接し方や、注文の選び方や、支払いのしかたで、なんとなくわかるのである。時代の経済は、私たちが思うよりずっと根深く私たちの所作にしみついていると私は思っている。

「家で鍋」世代の男の子は、草食系とも呼ばれている。この人たちは、私たちとその上の世代の男性が持っていたマッチョさを、おもしろいほど持っていない。恋愛でもそうでなくとも男女の交友関係において「ねばならない」という規定がそもそもない。男の子がレストランをさがして予約せねばならない、とか、それはおいしい店でなくてはならない、とか、注文するため従業員を呼ぶのは男の子でなければならない、とか、もう、ぜんぜんない。当然、支払いは男の子なんて概念も、無である。

　じつは私はこの自分より若き世代に興味を持っており、カップルに出会うたび、どちらが最初にデートに誘ったのかというアンケートを独自に実施してきた。この、勝手にアンケート歴は三年ほどに及ぶが、未だに九割が「女の子から」なのである。飲みにいかない？　ごはん食べにいかない？　と、女の子から誘い、し向け、交際に持ち込むわけである。

草食系と呼ばれる男の子たちは、とことん楽したいのだろうなあと思う。断られるかもしれないと思いつつ、勇気を出して女の子を誘うより、誘われてついていったほうが楽だし、失敗のないレストランをさがして予約するよりは、詳しい人に連れていってもらったほうが楽だし、クリスマスに混んだ店にわざわざ出向くよりは、家で鍋のほうが楽だし、支払いをぜんぶ持つより割り勘や奢ってもらうほうが楽。そういう傾向を非難する気は毛頭なく、「やっぱそうだよね」と思うし、そうした彼らの性癖もある部分は時代が形成しているのだろうと想像する。さらに、バブル期に暗躍したマッチョ男たちの反動かもしれない、とも思う。学生運動の世代のあとに、しらけ世代がやってくるようなものだ。

バブル期に若き日を過ごした人たちが、末端にいた私ですら、その後遺症を多少とも抱えて生きていくのだから、今草食系と呼ばれている男の子たちも、草食後遺症を抱えて生きていくのだろうと思う。今、年若い彼らは四〇歳になっても五〇歳になっても、妻や恋人に誘われてようやく重い腰を上げて行楽や外食に出向き、「何食べたい」「なんでも」「どこいきたい」「決めていいよ」とやわらかな笑みで答え、家族の誕生日やクリスマスといった行事は家で鍋をして祝って、「おとうさん、もうちょっとしゃんとして！」などと子どもに叱られたり、するのだろう。

もともとアメリカ育ちで、この数年ニューヨークにある支社に転勤していた女友だちが、昨年秋に東京本社勤務になって、帰国した。ともに食事をしたとき、「アメリカにいる友だちからメールがきて、日本にはグラスイーターの男の子が増えてるのかって訊かれたの」と、笑いながら言っていた。グラスイーターか、なるほど。「アメリカにはグラスイーターはいないの」と訊き返したところ、「アメリカの男の人が草食系になることは、世界がひっくり返ってもないでしょうね」とのこと。いくら時代が変わり、女性が強くなり、経済が破綻しても、アメリカ人男性はまだまだマッチョなようである。女が強くなる、というのは、彼の国では女がしたたかになる、という意味らしく、男らしく先導する、という意味ではないらしい。グラスイーターは日本独特の現象なのか。

その時期にあまりいい思いをしなかったものだから、バブル後遺症男子に私はとくに思うところがない。あんまり派手にお金を遣う人は格好悪いと思うし、レストランを予約してくれるのはありがたいが奢ってもらうと未だに居心地悪くなる。バブル期はよかったなどとあまりにも単純に言う人がいると、ちょっと神経を疑いたくもなる。同様に、楽が好きな草食系の男の子たちにも、「よかったねえ、楽ができて」と思うくらいの感想しかなく、しっかりしろよと叱咤する気もさらさらない。が、ひとつだけ、今の若い女の子たちに強く同情することがある。こっちから誘わないといけない、ということだ。

件の勝手なアンケートであるが、男の子は、その女の子のことを悪しからず思っていたりするのである。興味も持っていたりするのである。でも、自分からは誘わない。女の子から誘ってくれて、「うれしかった」「ほっとした」などと、彼らは言うのである。……そんな！

おいしい店をさがしてくれなくてもいい、予約なんかしてくれなくてもいい、奢られなくたっていい。でも、最初に誘うのは男の子であってほしい。学生時代、奢らない三割の男の子としか接してこなかった私といえど、最初にデートに誘うのは男の子だろうよ、と思っている。断られて傷つくのは男の子が引き受けろよ、という気持ちがあるのである。そうじゃないと、自分から誘うのが苦手な女の子は、みーんなひとまわり上のマッチョ世代に持っていかれてしまうぞ、と不安にもなる（そういうカップル、実際よく目にする）。

ふたたびの好景気を、だれも彼も心から願っているのだと思うが、私はある興味を持って好景気の到来を待っている。果たしてその時代は、今度はどんな男子を作り上げ、どんな恋愛を形成させていくのであろうか……。

台所パラダイス

デパートでキッチン用品を見るのが好きだ。キッチン用品売り場に足を踏み入れるたび実感することがある。キッチン用品は年々進化している、ということである。

どんなに固いふたでも開けられる、シリコン製の丸い道具を見つけたときはまず感動し、感動ののち、「でもこれでどんな固いふたでも開けてしまったら、恋人なんかいらないような気持ちになるのではないか」と疑問がわき上がった。

ひとりぶん、二人ぶんなどのスパゲティの適量をはかる道具を見つけたときは、「は？」と思った。そこまで正確にスパゲティをはかりたい人がいるのだろうか。かぶせるだけで灰汁（あく）のとれる落としぶたは「すごいっ」と思ったし、ひとりぶんのごはん冷凍用の密閉容器には「そこまでするな」とかすかな憤慨を覚えた。

次から次へと便利なものが出てくる。そのいちいちに、「すごい」とか「まさか」とか「そんな」とか、何かしら感想を持つわけだが、不思議なことに、どんな感想であってもそのあとに「なんだかほしいかも」というような気持ちになる。「これがあれば便利かも」と。

軽く憤慨を覚えたごはん冷凍用密閉容器ですら、私はほしいような気持ちになったのだ。

しかしここで、衝動的に買ってはいけない。私は服の衝動買いは自身に許可しているが、キッチン用品の衝動買いはかたく禁じている。ほしいと思ってもその場では買わず、一度家に戻り、それがあると本当に便利か否かをじっくり考え、うん便利、買うべき、と思ってようやく、買う。

なぜなら、キッチン用品には、便利「そう」なものが多すぎるのだ！

たとえば、粉打ち台。粉打ち台というものが、世のなかにはあるのだ。一メートル弱幅の正方形の、木の板で、その上で蕎麦(そば)を打ったりパン生地をこねたりできる。私に蕎麦打ちの趣味はないが、ピザ台や餃子(ギョーザ)の皮などはよく練る。だからこの台をはじめて見たとき「あ、便利かも」と思った。衝動買いはせず、熟考の上、買った。たしかに便利だった。周囲が粉だらけになることもない。

しかしながら、この台が家にきてからというもの、ピザ台をこねることも餃子の皮を練ることも、めっきり減ってしまった。なぜか。台を用意するのが面倒だからだ。

いやいや、面倒なことなどない。台所にたてかけてある板を台所に置けばいいだけだ。なのに、何かがとてつもなく面倒に思える。今まで、ダイニングテーブルや流し台で生地を練り、ピザ台や皮をのばしていたのだが、たぶんそのなんでもなさのほうが、よかったのだ。粉打ち台を用意するイコール、さあ、面倒なことをはじめるぞ！という図式が、私の内にできあがってしまったようである。茹（ゆ）でたスパゲティを鍋からざーっと引きあげる、木製のフォーク型のサーバー。これも考えて買ったものだが、買ってから使ったのはじつに三、四回。このサーバーもまた便利なのだが、それまでずっと菜箸（さいばし）を使っていたから、そっちのほうが不便さも含め慣れてしまっていて、気がつくとぱぱっと菜箸を使ってしまい、「は、サーバー」と、できあがったスパゲティを食べながら思い出す。

　私の家の台所は、こういう便利そうで便利ではないもの、実際便利なのだが滅多に使わないものが、そこここに棲息（せいそく）している。あまりに使わないものだから、買ったことすら忘れているものもある。

　だから私はことキッチン用品に限っては慎重派なのである。このあいだも、雑誌でどこかの奥さまが野菜を茹でるレンジ用の道具を紹介していて、これだと温野菜が手軽にたっぷり食べられるとおっしゃっていて、思わずネットで検索し、買ってしまいそうになって、あやうく思いとどまった。温野菜など私は好きではないのだ。この一年をふりかえったって、温野菜をわざわざ作って食べたことなどただの一回もない。この先一生ないかもしれない。

　いちばん最近買ったキッチン用品は何かというと、「だしポット」。かんたんにだしがとれる専用容器である。

　これには購入に至る長い長い前置きがある。

数ヵ月前に、新聞の生活面で、味噌汁を毎日三食飲む人は、飲まない人に比べて癌になりにくいという記事を見つけた。具体的な数字も挙げてあった。父も母もおばも癌で亡くしている、つまりばりばり癌家系の私は熱心にその記事を読んだ。

　味噌汁を食事ごとに飲むことで、塩分の摂りすぎを心配する人もいるが、たとえば豚汁と同じ具材で炒め物を作ったほうが、はるかに塩分が高くなる、と書いてある。また、面倒でもだしを毎回とることで、しっかりした味つけになるから塩分過多の心配もない、と書いてある。

　よし味噌汁飲もう。即決した。そのくらいの説得力が、その記事にはあった。問題はだしである。私はそれまで、市販のだしパックを使っていた。だってそんな、いちいちだしをとるなんて面倒なことはしていられないではないか。しかし件の新聞記事は「面倒でもだしは毎回とって」と強い説得力で私に迫ってくる。

だし、とります。即決のしばしのちに、決意した。

　昼ごはんは外食なので、朝と夜の二回だが、毎日私は味噌汁を「だしからとって」作り、食すことにした。自分で言うのもなんだが、私が決意するとそれはもうとんでもない決意になる。どうしてもそれを続けられない理由にぶち当たるまで、頑強にそれをし続けるのである。

実際、その日以来、私は毎日毎日鍋に昆布を浮かべ、ぐらぐら煮て鰹節をぱっと放ち、だしを多めにとり、あまったぶんは翌日にまわし、味噌汁を作るようになった。

しかし面倒。いやもう面倒。だしをとるのまではそんなに面倒ではないが、できあがっただしを、鰹節を漉しながら味噌汁用の中鍋に移し、残りを保存容器に移す、これがじつに面倒。それでも決意してしまったのだから、毎日毎日、やっていた。

そうして私は出合ったのである。「だしポット」に。だしポットは長細い計量カップ状の耐熱容器で、内側に網目のある容器が入っている。そこに昆布と鰹節、水を入れてレンジで六、七分加熱すれば、だしがとれるというわけである。

面倒に飽き飽きしているのだから、衝動的に買ってもよかったのだが、私はここでも熟考した。何しろだしポット、ほかのことに応用できないのだ。だしをとるだけ。そのためだけの容器。そのためだけ、というのは、私の買い物のなかでもっとも失敗しやすい。粉打ち台だって、粉を打つだけのものだし、木製サーバーもパスタを引きあげるだけのものだ。さらにじゃが芋をつぶすだけのポテトマッシャーもあまり活躍していないし、チーズをおろすだけのチーズおろし器ももう何年も登場していない。が、厄介なことに、そのためだけ、には、なくてはならぬ、使用頻度の高いものも多い。卵焼き器がなくては四角い卵焼きを作れないし、ポテトマッシャーは活躍していないのにサイズのちいさいにんにくつぶし器は毎日のように登場。パンを切るためだけのパン切り包丁も、魚の骨を抜くためだけの骨抜きも、使用頻度は高い。

さてだしポットはどちらの「そのためだけ」だろう。失敗か、なくてはならぬか。そもそも果たして本当に便利か。結局使わない台所の肥やしにならないか。

なんと私は二週間も真剣に悩んだのである。洋服や雑貨やCDや電化製品も、これくらい真剣に悩んで買えば私の暮らしはもっとシンプルかもしれず、私の家はもっと整頓されているかもしれない。

結論として、それは便利なはずだ、に至った。そして購入。二〇〇〇円とちょっと。

そのような長い道のりを経て我が家にやってきただしポットであるが、これ、じつに便利。負け惜しみでもなんでもなくて、本当に便利。だし「だけ」だと思っていたけれど、よく考えれば、だしは味噌汁だけではなくて、いろんな料理に使う。料理に使うだしも、市販のだしパックよりだんぜん味が濃くておいしい。

今日に至るまで、ほとんど毎日味噌汁作りに使っている。二週間も悩んで、きちんと便利で、なおかつ毎日使ってああ便利と思えるって、本当に気持ちのいいことだ。「面倒でも毎回だしはきちんととってまーす」と、あの新聞記事に言いたいくらいだ。

ときどき、雑誌で調理道具特集などをやっていることがある。キッチン用品好きとしてはたまに眺めたりするが、どの雑誌もたいてい、「道具は必要最低限でよろしい」と、言っている。本当に使い勝手のいい（デザインもすぐれた）フライパンひとつ、鍋ひとつ、ざるに布巾にまな板に包丁、などが美しくページに収まっていて、そうして、きまってお手本の台所が紹介されている。みごとにもののないシンプルな台所。そういうものを見るにつけ、ああ、私は駄目だ、と思う。必要最小限のものしか持たない美しい暮らしを、私もしたいと思う。台所のそこここに、ポテトマッシャーやらチーズおろし器やら木製サーバーやら粉打ち台やらごますり器やら味噌漉し器やら、便利だったり便利そうだったり不便だったりするあれこれを、埋蔵品のように隠し持っているのはみっともない、と思う。じゃあ、使わないものを捨てるかといえば、捨てない。「あれば便利であるし、いつか使うときがくる」と思って、捨てない。おばあちゃんがデパートの包装紙をとっておいたように、保管し続けている。

　そうしてキッチン用品売り場をパトロールしにいっては、さまざまな新商品に感想を持ち、ひとしきり、「便利かも」と思う心と闘うのである。

悩むのは恒例行事

一〇月に入るやいなや、デパートからおせちの案内が届き、もう年末なのかと驚いたのだが、思い返せば昨年も、まったく同じ時期に同じように驚いていた。

このおせちのパンフレットであるが、年々分厚く、立派になっている。じつは私はおせちを買ったことはただの一度もないのだが、デパートから案内パンフレットが送られてくるたび、「もう年末か」と驚きつつ食い入るように眺めている。一昔前はさほど種類もなかったように思うが、今では、和食に中華にイタリア料理、フランス料理のおせちがある。しかも、名だたる有名店の名が冠されている。

今年のおせちはいちばん何にびっくりしたかって、値段である。四人ぶんのおせちで一〇万円以上というものが、ざら。少し前まで、三万円、五万円のおせちに「うわー、高いんだなあ」と唸っていたのに、ここまで値段は高くなったのか。

たとえば四人ぶんで、一二万円だとして、ひとり三万円。飲みもの別で三万円の食事なんて、そうそうしませんよ。

このパンフレットの後半には、二人ぶんのおせちが紹介されている。こちらもずいぶんと高価で、五万円以上がほとんど。安くても二万円はする。

十数万とか八万いくらとかいう数字を、あまりにも長いこと眺めていたので金銭感覚が麻痺し、「これは三万五〇〇〇円か、安いじゃないの、ひとつ買ってみるか」などと思っているところが、自分でも不思議である。そういえば去年も一昨年も、いや、毎年毎年、一年の速さに驚くのと同様、おせちパンフレットを眺めているうち、へんな具合に物食欲が刺激され、買う衝動に駆られていることを思い出す。

自分ではおせちを作ったことがなく、この先作ろうという気持ちもないのだから、買ってもいいのだが、しかしいつもすんでのところで踏みとどまっている。なぜかというと、私はおせちがさほど好きではないのである。黒豆も田作りも伊達巻きも栗きんとんも、みんな甘くて好きではない。紅白なますに至っては毎年箸をつけなかった。焼いた海老も鰤もさほどうれしくはなく、お煮染めからは鶏肉だけつまみとって食べる乱暴狼藉を平気で働いていた。

私が今まで食べてきたおせちはすべて母の手作りである。つまり母のおせちしか、食べたことがないのである。大晦日に猛然とおせちを作りはじめる母は、元旦、家族がそれを食べるとき、とうとうとレシピについて語るのがつねだった。きんとんをあざやかな黄色にするにはどうしたらいいのかとか、昆布巻きを作るにはどうしたらいいのかとか、海老の背が曲がらぬようにするにはどうしたらいいのかとか、ずーっと話している。それがまた、聞いているだけでげんなりするような、途方もない手間暇(に思える)。甘いおかずを私が好きではないと気づいてからは、伊達巻きも黒豆も甘さ控えめにし、さらにのし鶏や焼豚など肉類を増やしてくれ、その手間暇にも心遣いにも感謝するからこそ一生懸命食べたが、でも、おせちは好きかどうかと問われれば、やっぱりさほど好きではないのである。すまない、母。

おせちパンフレットの写真や説明書きをじっくり見ると、中華や洋食系ならば、和食のおせちよりは好きなもの・食べられるものが多い。けれど、たとえば一〇品入っていても、興味をそそられないものがかならず三、四品はある。蟹の爪が食べたいために、鮑もいっしょにやってくるのはどうか(私は鮑が苦手)。ローストビーフはおいしそうだが、ガランティーヌが見るからにまずそう……等々。鴨スモークとカプレーゼは大歓迎だが、エスカルゴはとくにいらないなあ。それに、三万、五万と食べものだけに使うのならば、このおせちを売り出している有名店に直接いって、そこで同額で食事をしたほうが断然おいしいのではなかろうか。

ここまで考えてようやく物食欲が消滅し、「よし、おせちは買いません」と決意してパンフレットを処分し、そのまま年末へと突入する。

おせちを予約していないのだから、もちろん年末になっても何も届かず、年が明けてもテーブルにおせち的なものは登場しない。おせちの作り手である母が亡くなったのが五年前の二〇〇四年だから、そのときから私はおせちを食べていないことになる。

おせちのない元旦は、なんとなくさみしい。さほど好きではないといっても、やっぱりさみしい。蟹だの、鮪だの、数の子だの、前日に買いこんだ好物ばかりをテーブルに並べてみても、何かもの足りない。やっぱり買えばよかったかな、おせち。と、いじましく思ったり、する。

季節ものというのは、こういうことをいうのだな。だれだって、そんなにおせちが好きなはずはない。おせちより、焼き肉が好きだろうし蟹しゃぶが好きだろうし、てっちりが好きだろう。でも、お正月には華やかな気分を味わいたいから、おせち、なのだ。まめまめしく働けるように、だの、子孫繁栄しますように、だの、そんな意味なんかはもういらない。黒豆のかわりにオリーブが入っていてもいいし、数の子のかわりに中華風に煮込んだ鮑でもよし、ともかくなんでもいいからあれこれ品数を詰めこんだ華やかなお重を、一年のはじまりには広げたいのだ。

つまり、五万だの、一〇万円だのというとんでもない数字の何割かは、季節料金というか、華やか料金というか、気分料金というか、そうしたものなんだろうなと想像する。

冷たい食べものに三万も五万も使うよりは、レストランであたたかいものを食べたほうがよい、という私の考えは、まことに正論である。しかし正論というものの、なんと退屈でつまらないことか。

かといって、作る気にもならないのが、おせちである。

私は料理が好きであるし、たいていのものならば苦もなく作れる。それでもおせちだけは作りたいと思わない。あまり好きではないものを一日がかりで作るのもどうか、という気持ちもあるし、はたまた、毎年毎年母親に、それらレシピの面倒さを聞かされてきたせいもある。いや、母は、じつにたのしげに語っていたのだが、彼女が語れば語るほど、私には面倒さしか印象に残らなかった。

私がひとり暮らしをはじめたのは二〇歳を過ぎてからで、大晦日と元日は、実家に帰らず自分のアパートで過ごしてきた。大晦日にかならず友人が数人訪ねてきて、そのまま除夜の鐘を聞き、みんなで近所の寺や神社にお詣り(まい)にいった。実家に帰って母のおせちを食べるのは、大人になってから、一月二日になった。

大晦日にやってくる友人たちにふるまうために、私が準備していたのは、餃子(ギョーザ)と鍋料理と年越し蕎麦(そば)である。鍋料理と蕎麦だけでもいいのだが、それではあんまり「新年感」がないので、餃子も加えたのだ。たまたま、中国の新年は餃子で祝うというテレビ番組を見たばかりだったから。

大晦日、掃除を終えると買い出しに出かけ、餃子の皮を練る。友だちが早くも到着していれば、そしてその友だちが男の子であれば、全面的に皮はまかせる。皮は力のある男の人が練ったほうがおいしいのである。そのあいだ、鍋の準備をし、蕎麦の薬味を用意する。

大量の餃子を作り、友だちが揃うのを待って、鍋と餃子の晩餐になる。手分けして後片づけをし、一二時近くに蕎麦を食べ、白い息を吐きながらお詣りに出かける。泊まっていく友人があると、翌日の昼は、ゆうべの残りの餃子を焼いて、お雑煮を作る。

これがひとり暮らしをはじめてからの、私の元日である。おせちに比べて餃子はいかにもかんたんだし、みんな喜んでくれるが、とうぜんながらあの華やかさには敵いようもない。

二日に実家に帰って家族と過ごし、またひとり暮らしのアパートに帰るというとき、母はいつも、お重におせちを詰めなおして持たせてくれた。「餃子とお雑煮じゃ、お正月という気がしないでしょう。もう一度お友だちを呼んでみんなで食べなさい」と、言うのである。

おせちのさほど好きではない私は、不承不承を顔に出さないように気をつけて、礼を言って持って帰ってきた。故郷に帰らない友人は、私よりはありがたがって母のおせちを食べてくれた。

私が三〇歳をすぎても、母はそうやってお重を持たせた。だから今、子どものころから見慣れたおせちの三段重は、私の家にある。母が亡くなった年のお正月に、いつものようにして受け取って、内々不承不承持って帰ってきたからだ。新年までに返すつもりで、お重をうちに置いておいたのだ。まさかその年、母がいなくなるなんて想像もしなかったから。いや、その年ばかりでない、五年後も一〇年後も、母親が死ぬなんてあり得ないと、私は無意識に思っていた。

私はきっと今年もおせちを作らない。そうしてまた懲りずに来年も、なおいっそうすごいことになるのだろうおせちパンフレットを眺め、物食欲を刺激され、つまらない正論を吐いて高価なおせちは買わないだろう。そうしてお正月に、さみしい気分でテーブルに着くのだ。

そんなに好きでもないと心の中でぶつくさ言いながらも、私が食べたいおせちは、五万円や一〇万円を払っても、もう食べられない。そのことに、未だにびっくりしてしまう。

道楽弁当

小学校から大学一年生まで、弁当を持って学校に通っていた。給食というものを食べたことがない。

私はたいへんな偏食児童だったので、作るほうはたいへんだったと思うが、記憶にあるのは色鮮やかな、好きなおかずの多い弁当ばかりで、しかも、別容器につねにデザートがあった。が、これは私の記憶の美化でもある。大人になってから、母に言われたことがある。「おかあさん、私のお弁当だけ真っ茶色で格好悪いってあんたが言うから、色づかいにはそりゃあ気を配ったのよ！」「みんなのお弁当にはフルーツが入っているのに私のには入ってないってあんたが言うから、毎週毎週バスに乗って旬の果物を買いにいってたの！」

ちなみに、バスに乗って云々というのは、私の家はたいへんな田舎にあり、歩いていける範囲に果物専門店やスーパーマーケットがなかったのである。

母はたいへんな負けず嫌いだったのだと思われる。弁当について、子どもにいっさい口出しされたくなかったのだろうし、ほかの児童たちの美しい弁当に負けたくなかったのであろう。キャラクター弁当という、海苔(のり)やたまごを駆使してキャラクターの顔などを作る弁当がはやっているが、それが私の時代でなくて、本当によかったと思う。母のために。

しかし、毎日毎日弁当があると、それが地味な〝ふつう〟になってしまう。そうして子どもや若者というのは、ふつうでないことにつねに惹(ひ)かれる生きものである。私の通った小中高では、弁当を忘れると、二時間目までに購買部にパンを申しこむ制度があった。パンは曜日ごとに決まっていて、コロッケパンとチョココロネとか、たまごパンとドーナツとか、辛甘の組み合わせになっていた。私はそのパンセットが、食べたくて食べたくて食べたくて、たまらなかった。弁当を持ってこなかった人の食べるパンは、まるで幼児期に絵本で見た食べもののように、魅惑的に見えたのである。

さらに、パンを注文し損なった人のみ、購買部でポテトチップスを買うことが許された。購買部で売っている菓子はそのポテトチップスのみで、なおかつ、それは弁当を持たず、なおかつパンを申しこみ忘れた人だけが買える仕組みになっていた。ただのポテトチップスしお味である。でも、私はそのポテトチップスまでもが狂おしく食べたいのであった。学校帰りに買ったって同じ味だろうに、「ああ、パンを申しこみ忘れた！」と思いつつ、昼休み、ごはんがわりにお菓子を食べたかったのだ。

しかし、母は何があっても弁当を作り忘れることがなく、作らないということもない。毎日毎日毎日、作る。私は意を決して、母に頼んだ。中学二年のころである。ねえおかあさん、私購買部のパンが食べたいの。だから明日、お弁当はいらないよ。約束どおり、母は弁当を作らなかった。私は購買部のパンを食べた。おいしかった。本当においしかった。

私はそんなふうにして、母にまた弁当をあえて作らないことを頼み、ポテトチップスまで制覇した。パンもポテトチップスも、まったく夢のごとき味であった。

忙しい母を、弁当作りから解放し、私は夢のようなお昼を食べたと、当時は満足していたのだが、これまた大人になってから、おそらく先ほどの弁当談義ののちに、母はなおのこと恨みがましい顔をして、こう続けたのである。「そんな思いで彩りゆたかに、デザートも忘れずに、一生懸命作っているというのに、あんたときたら、購買部のパンのほうがいいから弁当はいらないって言ったのよ！」よほど恨みに思っているらしく、母にこれを言われたのは一度や二度ではない。

弁当を卒業したのは、外食のたのしみを覚えたからである。私の通った小中高は、下校時間まで学校の外に出ることは禁止だったが、大学はもちろんそんなことはない。学食もあるし、学校のまわりには学生向けの安い定食屋がおびただしい数、ある。昼になると、同級生たちは連れだってそういう店にいく。母の弁当を広げるのは、いかにも恥ずかしく、つまらなかった。それで、もう作らなくていい宣言を、大学一年の終わりころにしたのであるが、きっとこれにも母は傷ついたに違いない。このことを購買部のパンのようにしつこく言わなかったのは、傷が深すぎて口にも出せなかったからかもしれない。

でも、私たちはいつかは親離れしなくてはならないのだし、いつかは母の弁当から卒業せねばならないのだ。

つい最近、私も自分の弁当を作るようになった。そもそもは、夕食の残りものが無駄になるのがいやで、弁当箱に詰めたのがはじまりである。

最初は、自分で詰めた弁当など、中身も味もわかっていてつまらないと思っていたのだが、いざ弁当生活になってみると、これが案外、おもしろいというか、しっくりくるのである。一〇年以上弁当生活だったから、弁当慣れしているのかもしれない。

雑貨屋にたまたま入ったところ、けっこうな面積で弁当箱を取り扱っているではないか。どうやら今、弁当はブームらしい。弁当箱のみならず、仕切りのカップもバラン（仕切り）も楊枝も、いろんな絵柄のものが出ていて、見ているだけでたのしい。眺めていたら半端でなくわくわくしてきて、よし、まじめに弁当に取り組もう、と決意し、かわいかったり凝っていたりする弁当箱のなかから、もっとも堅実そうな、アルミ弁当箱を選んで、買った。二〇〇〇円とちょっと。

弁当をちゃんと作ろうとすると、「夕飯の残りもの」レベルではどうにもならなくなる、ということをはじめて知った。弁当といえど、一食なのだ。そんなに手のこんだ弁当を作ろうとしなくても、やはり、昨日の残りものをアレンジしたり、週末に常備菜をまとめて作ったり、前の晩にメイン料理の下ごしらえをしたりと、なかなかに頭と時間を使う。

何が入っているか知っていても、やっぱり弁当はおいしい。思いつきで作った料理が案外おいしかったりするとうれしいし、明日の弁当は何にしようと考えるのもたのしい。市販の弁当とはまったく異なる、ほっとするようなおいしさもある。

が、私はうすうす気づいてもいる。まだ、たのしいのである。弁当生活一カ月の今、弁当はまだ「日常」ではなく「レジャー」、つまり気晴らしなのだ。えっと明日あれとあれの締め切りで、あっちはここまで書いたから、そのの先のストーリーを今日じゅうに考えて……などと思考しているよりは、海苔とチーズを豚肉で巻いて照り焼きにしたのなんておいしいのではないかしら？　母親がよく作っていた挽肉オムレツも作ってみようかな？　アルミカップでミニグラタンを……なんて、ぼうっと考えていたほうが、たのしいに決まっているのである。

でもこれが、三カ月、半年、と続くと、だんだん弁当は重苦しくのしかかってくるに違いない。ああ、明日も作らねば……冷凍庫の食材を使い切らねば……たまには脂たっぷりのラーメンが食べたいけど……と、なってくるにちがいないのだ。そのときちらりと頭をかすめるのが、おそらく弁当箱の値段。

じつは私は、雑貨屋の弁当箱売り場で、姑息にも計算したのである。六八〇〇円のこの弁当箱、すてきだし、長持ちしそうだけど、でも……（弁当作りがいやになったときっと私を苦しめる）。五〇〇円前後のこの密閉容器、弁当箱にも使えるけど、でも……（たぶん一カ月で弁当作りを放棄し、この弁当箱はただの密閉容器に成り下がるであろう）。かっこ内はできるだけ意識しないようにしている、心の声である。

そうして選んだのが二〇〇〇円ちょっとの弁当箱。たかが弁当箱にしては、私の感覚では、ちょっと高い。でも、ちょっと高いくらいのものでないと、弁当作りは持続しないのだし、かといって、「うわッ、高い」だと、泣きながら、目の下にくまを作りながら、世を理不尽に恨みながら、どす黒い気持ちになりながら、弁当を作り続けることになる。二〇〇〇円ちょっとというのは、弁当箱代として「よっしゃ、がんばれるところまで、がんばってみろ」的な値段なのである。

しかしながら、毎日弁当を作っていて実感するのは、母の偉大さである。今ほど冷凍食品が充実していなかったし、また古い人間の母はそうしたものを使わなかったから、朝っぱらから揚げたり煮たり、炒めたり巻いたり切ったり、なおかつ、配色、デザートうんたらと、考えているとすでに私は頭がおかしくなりそうである。たしかにね、そりゃ、怒るだろうよ、と、今ならわかる。そんなふうにてんやわんやで「緑、緑が足りない」とか「りんご切らなきゃ、切ったら塩水」とかやっているというのに、「私ねェ購買部のパンが食べたいのーん」などと言われようものなら、ちゃぶ台ひっくり返して怒ります。ちゃぶ台がうちになかったから、一五年たっても恨みがましく、あんたはね、購買部のね、と言い募ったんだろう。

自分のぶんを作っているだけなのだから、私の弁当は道楽だ。いつでもやめられる。やめてもだれも困らない。でも、だれかのために作る弁当は、生活なのだ。それはまわし続けるしかなくて、たのしいとか、気晴らしとか、そんなことのずっと先にある。私たちの記憶に残る弁当は、きっとそういう弁当なのだ。茶色くても、デザートなしでも、食材以外の栄養を、食べる人に与えるような。

ロマンの値段

二〇代半ばのときの話だから、もう二〇年近く前のこと。何ごとに関してもお金を遣いたがらない男友だちがいた。ヘアカットは無料のカットモデル、服は古着か量販店、食事は弁当屋で働く恋人が持ち帰る売れ残り弁当。飲みにいくのは奢られるときだけで、旅行は青春18きっぷ、趣味は景品プレゼントの応募。

そんなふうなのに、彼はちっとも貧乏くさく見えず、どちらかというと、お洒落ではあった。あるとき彼が新しいジーンズをはいていたので、「おニューじゃん。もらったの?」と訊くと(よく訊いたもんだ)、「買ったんだよ」と、彼は怒ったように言って、鼻の穴を広げちょっと得意げな顔になった。

「へぇ、買ったの。いくら?」と訊くと(しかし、よく訊いたもんだ)、私の想像をはるかに超えた額を、彼は口にした。正確には覚えていないが、三万円近かった。

「(ほかは安物とかもらいものなのに)そ、そんなに高いの? たかがジーンズなのに!」と、正直に私は口にした。すると彼、ますます鼻の穴をぱーっとさせて、

「おれジーンズだけは妥協しないの。これはね、買ってから、三回手洗いして自然乾

燥させて、それからようやくはいて、でもまだ新しいから馴染んでいなくて、これから一度も洗わずはき続けて、かっこよくなるのはあと何カ月かかかるんだ」と言う。

　手洗いは三回でなく五回だったかもしれない。覚えていない。が、たいへんな手間だ、と思ったことだけは覚えている。そんなごわごわしたものを、たぶん風呂場でがしゃがしゃ洗って、絞りづらいのに絞って、うまく絞れないから乾くのも遅くて、やっと乾いたと思ったらまた風呂場……。そんなに手間がかかるのに三万円……。三万円もするなら、だれかがそこまでやって売ってくれればいいものを……。しかも体に馴染むまで洗わずにはき続ける……。怒濤のようにさまざまな感想が浮かんだが、何から言っていいのかわからず、私はただぽかんと彼のジーンズを見下ろしていた。

「そうやって育てるんだよ、ジーンズは」と彼は決めぜりふのように言った。

　弁当屋の彼女の持ち帰る弁当が主食だった彼に、三万円のジーンズはたいそうな出費だったろう。ふつうの金銭感覚のサラリーマンからしてみれば、それは老舗の仕立屋でオーダーメードのスーツを作るほどのものだったろう。でも、それは彼にはゆずれない点だったのだ。おそらく、彼が全身古着ともらいものでまとめ、研修生のあまりうまくないカットを施されているにもかかわらず、今ふうにお洒落に見えたのは、その「ゆずれない点」があったからだろうなあ、と今思う。このゆずれない点は、ジーンズではなく、シャツでも髪型でも腕時計でもよかったんだと思う。何かひとつ、

「ぜったいにこれ！」というものがあれば、人はちゃんと見栄えがするのではないか。そうしてその「ぜったいにこれ！」は、あくまでその人にとって、高価なもの、になるのかもしれない。

しかしながら、高価なものを買って、かつ、育てる、というのは、非常に男子的な話という気がする。そこには男のロマンをくすぐる特殊な響きがあるのだろう。車を買って自分仕様にカスタムしていくその過程を嬉々として話す人も、革の高級靴が履き倒すことによって自分の足にしっくり慣れていくとうっとり話す人もいる。それはしかし、ただ男のロマンと片づけていいのだろうか。もしや、母性本能のように、もともと男という種族に託された本能のひとつなのかもしれない。……そんなはずはないか。

女性の場合は、高価な「モノ」が自分にしっくりくる、よりは、自分がそのモノの「価値」に似つかわしくなることを、より、望んでいると思う。何百万円かの宝石指輪が、手に馴染んでもうはずせないことより、自身がその指輪をしていても不釣り合いでないほうが、うれしいし好ましいのである。高級ブランドのバッグを持った女子高生を不釣り合いだとこきおろすのは、男性ではなく女性である。子どもでも植物でも動物でもないものに対し、育てるよろこびというのは、女性は感じにくいのかもしれない。

その男の子に感化されて、というわけではないが、以降、ジーンズの値段をよく見るようになった。それまでは自分にジーンズは似合わないという意識があり、値段もデザインもあんまり考えず、いちばん有名なジーンズブランドのごく平均的なものばかり買っていたのだった。

ジーンズって、値段にものすごく幅があると知って驚いた。五〇〇〇円程度のものから、三万円以上するものもある。生地はおんなじデニムなのに、この差。しかし高いものは高いだけあってデザインがかっこいい。そうして、値段というものを考慮に入れず片っ端から試しばきしてみると、自分に似合うジーンズというものはかならずや見つかるのである。

もちろん私は件の男友だちのように、はく前に三回手洗いと自然乾燥が必要で、なおかつ数カ月かけて育てなければならない、家庭菜園のごとく手のかかるジーンズなどは決して買わないが（そもそも、そういう類のジーンズはレディース用には存在しないようである）、値段よりも、似合う、似合わないを優先して買うようになった。

このジーンズというシロモノ、私が子どものころから存在するし、はき続けているわけだから、はやりすたりなどないように思えるが、しかしよーく思い起こせば、ちゃんとはやるデザイン、すたれるデザインが、ある。私が大学生のころはストーンウォッシュという風合いがはやったが、数年後には「ださい」の代名詞のようになった。

裾がちょっと広がったブーツカットがはやったかと思えば、ぴったりと足に吸いつくようなスキニーがはやる。

ここ数年のいちばんの変化は、股上だと思う。股上の浅いローライズジーンズをはじめて試しばきしたときは、「え、これでいいんですか?」と不安になった。ずり落ちそうだし、しゃがむとお尻が「見えそう」ではなく、はっきり「見える」。不安になりながらも勧められて購入し、はいているうちにそれがかっこよく見えると気づき、そうするともう、それしか買わなくなり、さて今、以前のような股上の深いジーンズをはけるかというと、何か気持ち悪くて、はけない。しかも、すごく格好悪く思える。

定番が代名詞のようなジーンズなのに、やっぱりこんなに流行に左右されるものなのである。

たしかに、ひと昔前のジーンズを引っぱり出してきてはくと、へんではないが、でも何か「間に合わせ」というような感じがする。この「間に合わせ」感、七〇年代風の服装がはやっているからといって、母親の若き日の服を引っぱり出してきて着たときの違和感と、たいへんよく似ている。

件の、育てるタイプのジーンズは、育ち上がるまでに型が古びたりしないのだろうかと心配になるが、しかしよく考えてみれば、レディースジーンズのはやりすたりより、メンズのそれのほうが圧倒的に遅い。裾が広がったりすぼまったり、色が薄くなったり濃くなったり、さほど変化はしていないように見受けられる（股上がどうなっているのかはよくわからないが）。だから時間をかけて育てても、そんなに間に合わせた感じにはならないのだろう。

先だってテレビを見ていたら、一〇〇〇円以下のジーンズが取り上げられていた。それを見て世界がひっくり返るほど驚いたわけではないが、しかし一応「まあ！」と、驚きはした。

さらに八〇〇いくら、といっていたら六〇〇いくら、というのも出てきて、もうなんだか、服の値段ではなくすき焼き肉のグラム売り値段のようである（それだってずいぶん安い）。

ジーンズにも流行があり、どうせ高いものを買ったって数年後には古びて間に合わせた感じになるのだから、安くて、今はやりのデザインのものを買う、というのが賢いのかもしれない。二〇年近く前、高価なジーンズを育てていた彼や、ジーンズの値段を調べまくっていた私に比べたら、今の若者は安くてかっこいいものがかんたんに手に入って、いいなあ、と思っていたのだが、そうでもないらしい。

そのテレビでは、安いジーンズの登場に合わせて特集をやっていた。アナウンサーが町でジーンズ姿の若い男の子をつかまえては、それはいくらかと訊いている。

そうしたら、なんと、じつに多くの男の子たちが二万円以上のジーンズをはいていたのである。私は件の男友だちを思い出し、ジーンズに出し惜しみしない、というのは時代は変われど若い男子の共通思想のひとつなんだなとあらためて思った。今の若者たちも、これから若者になっていく男子たちも、ジーンズが五〇〇〇円になったって三〇〇〇円になったって、きっと高いジーンズをはくのだ。それが育てるタイプのものかどうかはともかくとして。

私はしばし、テレビに映るその男の子たちのその後を想像してみた。

きっと何人かは、そのままお洒落道を進むのだと思われる。昇進し結婚し子を作りローンで家を買い、そんななかでジーンズだけはお洒落な、高価なものを買い続ける。

残りの男性たちは、中年になっていく過程でジーンズなどへのこだわりはきっぱり捨てて、たとえ妻が一〇〇〇円以下のジーンズを買ってきても、何も思わずそれをはくに違いない。

いや、何も想像しなくとも、私と同世代の男友だちが、その二者にはっきり分かれているのであるからして、休日にスーツを脱いであらわれる彼らの姿を思い浮かべればよいのである。

見えないものを買う

去年の年のはじめ、立て続けに占いをしてもらった。なんと一〇件。

重大な悩みがあったのではなくて、そういう仕事だったのである。手相や四柱推命や占星術、さまざまな占いが、違う結果になるのか同じ結果になるのか検証する。というような仕事で、本来の私の業務、小説書きとはまったく関係ないのだが、占いというものに興味があって、引き受けた。

基本的に私は占いを信じている。占いにはずいぶんな種類があるが、そのどれも、疑いなく受け入れ、「そうそう、当たってる！」と思ってしまう。

とはいえ、実際にお金を出して占ってもらったことが、今まではなかった。雑誌の星占いを読んだり、四柱推命の勉強をした友人にみてもらったり、タロットカードの得意な友人にタロットをやってもらったり、という程度。一度、母親と日光を旅したときに、日光江戸村で母親に付き添って占い小屋にいき、勧められて占ってもらったことがあるが、記憶のかぎり、お金を払ってみてもらったのはこのときだけだ。

あんまり単純に信じてしまうと、わざわざ「占ってもらいにいこう」とは、ならないようである。どこで何を言われたって「本当だ」と思ってしまうのだから、あえてみてもらうこともなかろう、というような心理なのだと思う。

だから、一〇人の占い師のもとを訪ねるというのは、私にはたいへん貴重かつ新鮮な体験だった。

この取材であるが、先方の占い師には取材だと告げず、一般客として占ってもらいにいった。占い師に告げるデータは名前と生年月日や時間、生まれた場所のみ。

どんな占いでも単純に信じてしまう私が言うと信憑性(しんぴょうせい)がないだろうが、しかし、占いというのはある程度当たるものだというのが、一〇種類の占いをしてもらった感想である。まったくの非科学的なことではなくて、何かの根拠に基づいて、占っている。私がとても不思議に思うのは、占星術・四柱推命・手相・霊感・タロットと、占い方はさまざまでも、言っていることはなんだか似ている。占星術でAと言われたが、四柱推命ではZと言われたといった具合に、かけ離れたことは言われないのである。

たとえば、一〇人の占い師のうち、九人が、私を「仕事人間で、専業主婦になれるような人間ではない」と言った。さらに一〇人中七人が、私を「頑固で、非寛容で、喧嘩(けんか)っ早い。自分と違う意見を言う人を認めず、相手が間違ったと思うとやりこめずにはいられない。もっと広い心を持ったほうが自身も得だ」と言った。

両方、自分でうすうすわかっていたことだけれど、初対面の人にそうくり返し言われると、当たっている云々より「はぁ……」とため息のひとつも出ようものである。

　さて問題はここから。もちろん私は、自分でもうすうす知っている自身の姿について、知らしめられにいったのではない。同じ悩みを一〇人に告げて、その結果はいかなるものになるのかを知らねばいけなかった。

　仕事を増やすべきか減らすべきかと、一〇人に相談することにした。今以上に増やして体をこわしたり、行き詰まったりしないだろうか？　減らして仕事を失ったり、食うや食わずになったりしないだろうか？　というような、相談である。他誌ですでに書いたことなので詳細は省くが、結果は九人が同じことを言った。すなわち「増やしてかまわない」。そこに「この二年のあいだは無茶しても平気」とか「増やしてもいいが、何年後に腰を痛める」とか「何年後にいったん仕事は滞る」とか「こういうことに気をつけたほうがよい」とか「何色がラッキーカラーだから、その色のものを身につけるとよい」等々、その占いによって何かしら付随するものがある。何年に何がある、ということは、未来のことなので、当たったかどうかわからないが、ほとんどが同じ結論となるのが興味深かった。

　けれど私がもっと興味深く思ったのは、占いのその先、つまりアドバイスである。

　すべての占い師が、占った結果とともに、何かしらアドバイスをくれる。そのアドバイスは、もちろん占いの結果を基にはしているのだが、しかしデータというよりは、占い師個人の言葉なのだ。そうしてそのアドバイスのほうこそが、占い結果よりも印象に残った。

だってそれは、じつに生々しい、占い師個人の考えなり、言葉なのだ。たとえば「仕事なんか、あればあるほどいいじゃない。ぼくだったら歓迎するけどな」という占い師は、占いだけでは食べられず、ほかの仕事と兼業なのだとぽろりと漏らしていた。

それから「仕事の量を増やすより、単価を上げたほうが効率がいい」と言った占い師もいた。彼曰く「だから仕事は受けずに断る。断っていれば自然に値段は上がっていくでしょ？　それから今は携帯やパソコンの時代なんだから、ものを書く仕事をしているのなら携帯で小説を書いて儲けたらどうか」と、アドバイスしてくれるのだか、この「断れば単価が上がる」というのはこの占い師の考え方であり、つまるところ「仕事をあんまりせずに儲けたい。世のなかすべての人はそう思っているはず」という考え方は、彼の思想なのである。

幾人かの占い師が「恋人や友人をもっとだいじにすべき」と、言った。これは、「根が仕事人間」「この先仕事を増やしてもぜんぜん問題ない」という占い結果に基づいた言葉なのだが、そのだいじにすべき方法として、「もっと気にかけてあげなさい。つらいこと、しんどいことはないの？　と言葉にして訊いてあげなさい」「とにかく話す時間、会う時間を増やすといい」「あなたががんばってないで、もっと男性を持ち上げたらどうか」等々、言ってもらったのだが、なんというか、たいへんに常識的で、そのあまりにも常識的なところに妙に心を動かされた。だって、こんなに堂々と常識的なことを言ってくれる人って、そうそういないではないか。たとえば私の友人だったらば、「私たちだって働いてるんだから、きつくない？　ってこっちが心配されるべきよ！」だの「会う時間や話す時間をなんで私たちが合わせなきゃいけないの？　向こうが合わせるべきでしょう」だのと、常識をはずれてどことなく攻撃的になっていくこと必至なのである。

「仕事が忙しくなったらネットスーパーを利用したらいい」とアドバイスしてくれた占い師もいた。ちなみにこの占い師は霊感占いで、その人の背後にいる神さまと会話しながら占い、だからアドバイスの言葉も、神さまの御神託ということになっている。「お掃除や家事代行のサービスもあるんだし、ネットスーパーで買い物をすれば楽だから、ぜひそうしなさい、と、神さまがおっしゃっています」と、言うのである。おもしろい！　ネットスーパーを利用しろと言ってくれる神さま、ナウい！　と私は死語まで持ち出して興奮したが、でも、ふつうに考えれば、そうした有料のサービスを駆使すべきだというのは占い師個人の言葉なのだろう。この占い師は年輩の方だったので、きっと最近そのようなサービスを知り、「これは便利！」と自身で思ったのではないかと私はひそかに想像した。

図らずも感動したのが、「完璧なんて求めないほうがいい」と言った占い師の言葉。いく先々で「頑固」「仕事人間」「仕事増やせ」「でも友人や恋人をないがしろにしてる」と言われ続け、あーあ、な気分のときに、そんなことはなんにも打ち明けていないのに、突然占い師が言ったのである。

「あなたは家事をきっちりできないんだし、なんだって仕事優先にしてしまう、でも、仕事も家事も友人関係もぜんぶ完璧にうまくやるなんて無理でしょう？　家事はできない、友人も少なくてもいい、そこからスタートすればいいんじゃないの？　人の暮らしかたは人それぞれなんだし」というようなことをその占い師は言い、「そっか、頑固で仕事人間で家事ができなくて友だちづきあいもできなくて、それでもいいんだ私！」と思い、感動したのであるが、これも占い結果というよりも、占い師個人の言葉であり、考えであり、アドバイスである。考えてみれば、何も見ず知らずの占い師の元を訪ねなくても、自分はもともとそうしかできないわけで、今までだってそのようにしてやってきて、これからだってそのようにやっていくしかないのである。それに友人の幾人かから、似たような言葉はすでに聞いたことがある。なのに、見ず知らずの、しかも占いを商いとする人がそんなことを言いだすと、「うわぁ」と思ってしまう、トリックみたいな作用がある。

さて、ここで俄然興味深くなるのが、値段。私の受けた占いは、三〇〇〇円から二万円まであった。それは、人が目に見えないものを「買って」もいいと思える金額の幅ということになる。

　二万円はずいぶん高いなあと思うが、それでも出す人がいるから、成り立っているわけだ。それ以上、三万円、一〇万円という占いも世にはあるのかもしれないが、そういう金額を出す人は、ふつうとは少々異なるのだろうと想像する。

　ではたして、三〇〇〇円なり、二万円なりを、私たちは何に対して支払っているのだろう？

　占いというのだから、その占い結果に対してと考えるのがふつうだろうけれど、一〇件の占いを受けたあとで思うのは、占いに三割、アドバイスに七割、ほどの感覚ではなかろうか、ということ。がっかりしてしまうのは、客観的に占いがはずれたと思うときより、「携帯で儲けろ」と意味不明なことを言われたり「男性を立てろ」とオカンみたいなことを言われたり、「ネットスーパーを利用しろ」なんて拍子抜けするほど当たり前のことを言われたり、したときだった。まったく見ず知らずの人の、もしかしたらものすごく主観的なアドバイスにお金を支払うって、よく考えたらなんとも不思議なことではある。

　ちなみに、心に残る言葉「完璧は求めるな」の占いは、いちばん安い三〇〇〇円であった。

道具派という人たち

　ボクシングジムに通いはじめて二〇一一年の今年でちょうど一〇年になる。と言うと、多くの人が「えらい」と言ってくれる。続けていてえらい、という意味だ。

　さらに、ランニングをはじめて三年半になる。と言うと、またまた多くの人が「すごい」と言ってくれる。続けていてすごい、に加え、ボクシングにランニングなんて健康的ですごい、という意味だ。

　たしかに私も、身近な友人、しかも四〇歳を超えている友人がボクシングジムに通っていると言ったり、ランニングをしていると言ったりすれば、「えらい」「すごい」ときっと言うだろうけれど、なんというか私自身は、えらい、とも、すごい、とも、かけ離れたところにいる。

　そもそもボクシングは、三二歳のとき失恋して、三〇代でも失恋することがある、そのことに打ちひしがれ、きっとこの先、四〇代、五〇代になっても失恋することはあるのだろうから、心身ともにそれを乗り越えられるよう強くなろう、と思ってはじめたのである。本当はスポーツクラブに通いたかったのだけれど、徒歩圏に存在するのが、ボクシングジムだけだった。そして徒歩圏でなければぜったいに続かないことはわかっていた。

　ボクシングジムに入ってすぐに後悔した。ジムにいるのはプロやプロを目指す練習生、そのどちらでもない場合でも、女性でも年輩の方でも、みーんな「今まで運動をしてきて、運動が苦ではなかった」人たち、なのである。私はといえば、小学校から高校まで体育はずっと五段階評価の二、水泳でようやく三、陸上競技大会では走っているだけで友人に驚かれ褒められた経験があるほどの運動嫌いで、運動とは縁遠く暮らしてきた人間である。

　ジムには練習マニュアルがあり、縄跳びからはじまるのだが、この縄跳びですら、できない。パンチの打ち方を習っても、何かへん。ものすごくへん。みんなかっこよくシャドーボクシングをしているなかで、ひとり、へなへなと奇妙な動きをすることの、恥ずかしさといったらない。初心者の自意識で、みんなが自分のことを見て、笑っているように思えてならない。そして一カ月たっても二カ月たっても、ちっともうまくならないところが、三〇年間運動を避けて生きてきた人間の宿命である。

　もう心身なんか強くならなくていい、みっともないし恥ずかしいし、やめてしまおう。と私は考え、いやいやそれじゃこの先何度か体験するであろう失恋に打ちのめされる、と考えなおし、そうして私がとった行動とは、マイグローブを買うことだった。

グローブはたしか、七〇〇〇円くらいだった。ともかくグローブを買えば、当分はやめることはできまい、と思ったのだ。七〇〇〇円ももったいないけれど、それよりも、やめてなおグローブが家にある、そのグローブは、目に入るたび「ああ、あんたはやめた」「逃げた」「負けた」ときっと私に告げるであろう、そのことに耐えられまいと思ったのだ。

　私はそのマイグローブを持って、ジムに通い続けた。あいかわらず下手っぴだったが、三カ月もたつと、だれも私のことなど見ていないことがわかる。ボクシングは練習といえどもたいへんな運動量で、他人を見るとか、まして笑うとか、そんな余裕などちっともないと気づいたのだった。

　あのときグローブを買ったからこそ私はやめなかったのだが、あのときやめなかったから、やめどきを見失いもした。私にはわかりやすい目標がない。何キロ痩せるという目標も、対戦をするという目標も、特定のだれか（たとえば失恋させた人）を打ち倒すという目標も、なんにもなく、ただ、「いつかきたる失恋に打ち勝つ心身を養う」という、曖昧すぎて目標にならざる目標があるのみ。

　わかりやすい目標があれば、達成とか挫折とかがある。それらはやめる理由になる。が、果たして失恋に打ち勝てる強い心身になったかどうかわからないから、やめるきっかけが、ない。そして四〇代になって結婚もしてみれば、打ち勝つのは失恋ではないだろうという気もしてくる。じゃ、何か？　更年期障害？　老い？　などと考えもするが、まだわからない。ますます目標らしき目標は遠ざかる。

　そんなわけで、目標がない、目指すものがないからずるずる続けて一〇年たっている、それだけのことで、えらい、とも、すごい、とも、かけ離れているのだ。そしてあいかわらず、上達していない。一〇年続けている私より、三カ月前に入会した若い男の子のほうが、もう断然にうまい。何も目指していない私はそのことに落ちこまない。だから、続けていられるのである。

　ランニングのほうは、同業者の友人が、編集者数人とまず走りはじめ、そのうち仲間が集まって、チームまでできてしまった。彼らから、走ったあとの飲み会の話を聞き、（飲み会に）参加したいと思った。それで、私もチームに入れてと言ったのである。彼らとの飲み会は、たしかに、たしかに、たしかにたのしかった。が、彼らとともに走るのは本当にきつかった。ボクシングジムは続けていたが、ふだんの私は、ホームに電車がきていても走らない、青信号が点滅していても走らない、地下鉄駅から地上まで、階段を使えば一分なのに、五分の遠まわりをしてエレベーターを使う。走ること階段を使うことを、避けて避けて生活している人間なのだ。三〇代半ばを過ぎていきなり走りはじめて、たのしく走れるはずがない。しかも、練習したからとて、格段に速く走れるはずもない。

そのつらさをうわまわるほど、しかし飲み会はたのしかった。みんなでチーム名を決めたり、合宿日程を決めたり、合宿の食事メニュウを考えたり、つまり走ること以外が、中高時代の部活を思い出させるたのしさだった。私はそのたのしさを享受したいためだけに、どんなに走るのがいやでもチームに残ろうと思った。

そうして私がチームに残る決意をしたとき、何をしたかといえば、またしても買い物。GPS内蔵の腕時計を買った。これは歩幅ではかるのでなく、GPSで正確な走行距離をはかることが可能。さらに、走行時間、ベストタイム、一キロあたりの平均タイム、消費カロリー等々が表示される。値段は四万円くらい。私がふだん使っている腕時計より、よほど高い買い物である。が、もしランニングをやめたらば、この時計はグローブほどかさばらないので存在が何か主張することはないが、その値段が私に「あんたはやめた」「逃げた」「負けた」と告げるだろうと考え、買ったのである。

そしてまた、私はその腕時計をはめて距離とタイムをはかりながら、この三年ほど、毎週末走っている。最初はどうあっても三キロしか走れなかったのが、三年も続けると、二〇キロ走れるようになる。

二〇キロ、すごい、えらい、と人は言ってくれるのだが、しかしこれにも私は目標がない。速く走ることはあきらめているから、タイムはちっとも短くならない。チームのみんなで大会に出ることはあるが、一〇キロを一時間以内で走ろうなどと目標を決めないから、ただ出て、完走を喜び合って打ち上げ宴会に突入するのみ。大会後の宴会は、いつにもましてもりあがり、生きていてよかったと思うくらいのたのしさである。フルマラソンをいつかみんなで走ろうね、と言い合っているが、いつも宴会のさなかで、みんな酔っぱらっているので、きちんとした予定は決まらない。

　だから、こちらもまた、やめるきっかけがない。本当に、人は目標さえたてなければ、何ごともずるずると続けていられるのである。当然、上達もレベルアップもしないけれど。

　どうも、友人知人を見ていると、「道具派」と呼びたくなるような人々がいる。ボウリングでもダーツでも麻雀でも習字でもいい、ずいぶんな大人になって何かをはじめたとき、すぐに道具を揃えてしまう人たちである。しかも、初心者にしては恥ずかしいくらい本格的だったり、高価だったりする道具。そうでない人たちというのは、間に合わせの道具を使ったり、人に借りたり、安価なものをまず用意して、一年、二年とたって続ける意志を確認してようやく、本物の道具を揃えていく。

　私を含む道具派の人というのは、言ってみれば、資質もセンスも自信もないのである。だからすぐ、道具に頼る。道具がなんとかしてくれると思っている。実際私は、とにかくそれを続けるために、自分にはまだ分不相応な道具を買ったのだ。

　すぐに道具を買わない人たちというのは、その道の心得がある人なんだろう。体育会系のことで言えば、運動能力がある人たちは、道具に補ってもらわなくとも問題ない。マイグローブがなくたってきちんとジムに通えるのだろうし、GPSつき時計が一〇キロと示さなくたってきちんと一時間走ることができる。

今、世はランニングばやりで、週末、走っているとじつに多くのランナーとすれ違う。まさに老若男女がいろんな格好で走っている。そんななかで、「あっ、同志」と思う人がいる。脚にはぴっちりしたサポートギア、その上にひらひらしたスカートをはいて、真新しいランニングジャケットを着、そのぜんぶがコーディネイトされていて、ランニングキャップまでかぶっている。こういう人はきっと、私のように運動が苦手で、走ることが嫌いで、はじめた瞬間から続ける自信がなく、道具を揃えることでなんとか気持ちを奮い立たせて走っているのに違いない。そういう人とすれ違うとき私は心のなかで、がんばろうねいっしょに、と親しげに声をかけている。そこまで道具を揃えたら、あとは目標をたてないこと。だれかに勝とうとか上達しようとか、思わないこと。そうすればきっと、揃えた道具も無駄にならないはず。と、まったく後ろ向きなアドバイスをつけ加えもする。

なくしたものは何？

三つ子の魂百までという言葉があるが、私がこの言葉を嚙みしめるのは、ものを忘れたりなくしたりしたときだ。

子どものころからなんでもなくした。私は小学校からバス通学で、三ヵ月ぶんの定期を持ち歩いていたのだが、これをなくすと出費がかさむ。わかっているのに、なくす。どこでなくしたのか、もちろんわからない。叱っても説き伏せてもなおらないので、母はついに制服と定期入れを馬鹿でかいチェーンでつなげた。冬服は上着のボタンホールに、夏服はつりスカートのサスペンダー部分に、つなげるのである。

そうしてつなげられるものならば、なくさないが、なんでもかんでもつなげられるともかぎらない。

私の通った小学校は、四年次から音楽の時間に何かひとつ楽器をやらなければならなかった。選択肢は三つ、トランペットかフルートかクラリネットで、選択した楽器はもちろん自己購入。私はフルートを選んだ。そうして、ぴかぴかのフルートの音もまだろくに出ない数ヵ月で、なくした。

これはさすがに、定期とは比べものにならないくらいたいへんなことだ、と子どもながらに思った。世界が終わってしまうような不安と恐怖を味わった私がしたことは、なくした、そのことを卒業まで隠し通すことだった。私の学年は二クラスしかなかったので、音楽の時間は隣のクラスのフルートの子に借りにいく。それで三年間やり過ごしたのである。「ばれないように」と願い続けた幼い気持ちを思うと、自分のことながら心底不憫になる。

ものを忘れる、なくすことに対して、私はそれこそ四歳五歳のときから叱られ、注意され、諭され、さらに、反省し、おびえ、世界の終わりを予感し、なくすまいと決意し、をくり返している。なのになおらない。

四〇歳を過ぎた今だって、私はハンカチとティッシュを携帯していない。しない主義なのではなくて、たんに鞄に入れ忘れているのである。トイレで手を洗い、鞄を開いて「あ、忘れた」と気づく。濡れた手でトイレを出たとき、待っていた男友だちや男性編集者が「はいどうぞ」とハンカチを出してくれると、まったく心の底から恥じ入る。恥じ入りつつ、「ハンカチとちり紙は持ったの!?」と毎日毎日毎日欠かさず言っていた、母の言葉を思い出すのである。あんなに毎日、一五年ものあいだ(小中高十実家住まいの大学三年まで)言われ続けて、身につかなかったのだから、この先身につくはずもない。

たのもしいことに、私のような人は、じつに多い。ふだん、私たちは大人の顔をして仕事をしていて、仕事相手に何をなくしただの何を忘れただのと、いちいち告白したりしない。だから、だれが忘れ魔かなくし魔か、わからない。わかったときは、だから「おまえもか！」と叫びたくなるような、同志に巡り会えたよろこびがある。こういう人に私は必ず、「子どものころ、生きるのがたいへんだった？」と訊く。一〇人中一〇人が、「そりゃあたいへんだった」と、遠い目をして言う。でも、なおっていないのだ。

世のなかには、戻ってくるなくしものと、決して戻ってこないなくしものがある。友人が電車の網棚にノートパソコンを置き、置いたのを忘れて電車を降りてしまった。家に着いて気がついて、すぐに駅に電話をした。各駅に連絡がいったものの、見つからないと言う。応対してくれた駅員は、「あとで出てくる可能性も高いから、また明日、遺失物管理の部署にかけてみてください」と言う。それで彼は翌日、言われた番号にかけてみる。やっぱり、ないと言う。翌日も、ない。このとき応対してくれた係の人は、非常に親切で、「だれかが拾って、そのまま持って帰って、届けようと思って時間がとれず、一週間後に届けてくれるという例もずいぶんあるんです、だから気落ちしないで、また何度でもかけてきてください、調べますから」と、言ってくれたという。私は確信するが、この駅員はなくし魔に違いない。なくし魔はなくし魔にやさしいのだ。酔っぱらいが酔っぱらいに寛容なように。

友人のパソコンは結局出てこなかった。

電車の網棚から、もっと素早くなくなったものもある。友人のおうちに遊びにいくため、数人で駅で待ち合わせていた。駅に着くと、数人はもう到着していて、でも、内ひとりが必死で携帯電話で話している。じつは、三駅前で乗り換えたのだが、そのとき前の電車の網棚に手みやげに買った葡萄を忘れてきた、と言うのである。彼はその駅に電話をして、忘れものをさがしてもらっていたのだった。

たった三駅。時間にして、一〇分もない。乗っていた電車も特定でき、駅員が調べてくれたのに、葡萄は見つからなかった。ちなみにこの葡萄、千疋屋の高級葡萄だったそうである。

パソコンにしても葡萄にしても、そこに置いたものがなくなるのだから、だれかが持っていった、と考えるのがまっとうだ。が、どちらも私には非常に不思議に思える。人のパソコンなんて使い勝手が悪いだろうし、転売するといったってそう高額にはなるまい。それから葡萄。いくら千疋屋の袋に入っていても、食べものである。葡萄の一粒一粒に、細工がしてある可能性だってなくはないじゃないか。もしかしてそういう悪意のもとに、わざと網棚に置かれた荷物かもしれないじゃないか。でも、持ち帰ったってことはそんなことといっさい考えず、きっと食べるんだよなあ……。

持ち帰った人にどうしても私はかすかな悪意を見てしまうんだけれど、でも、その人たちはその荷物に悪意をまったく想定しないというところが、なんというか、興味深いところだと思う。

でも、圧倒的に返ってくるもののほうが多いと、なくし魔の私は思いたいのである。

昨年、健康保険証と診察券と、Ｓｕｉｃａカードとポイントカードが入ったパスケースを、どこかで落とした。どこで落としたか覚えていないが、でも、それを使うのは電車に乗るときだけだからと、その日に乗った駅すべてに連絡してみたが、ない、と言う。Ｓｕｉｃａは三〇〇〇円ほどの残額があったがまあ、あきらめはつくにしても、しかたないとしても、いやな感じなのは健康保険証である。何か悪いことに利用されないともかぎらない。念のため交番にもいって遺失物届けを提出した。

一日、二日たってもなんの連絡もこないので、きっともう出てこないのだろうとあきらめた。すると一〇日ほどのちに、飯田橋にある警視庁の遺失物センターから葉書がきたのである。あなたの定期券を保管しているので、以下のものを持参して何日以内にこられたし、という旨の。

どきどきしながら受け取りにいった。保険証が入っていなかったらどうしよう。Ｓｕｉｃａの残額はきっと使われているだろうな。気に入りだったパスケースはずいぶん汚れているだろう。

果たして、カウンター越しに係員が渡してくれたパスケースは、ちっとも汚れておらず、さらに、何ひとつなくなっていなかった。文藝家協会の会員証や診察券は当然のことながら、Ｓｕｉｃａカードも保険証も、さらに、Ｓｕｉｃａカードの残高は一円も減らず残っていた。

じつは私には、こんなふうに「何ひとつなくならず」返ってくるという経験が、一度ならずある。拾い主がだれなのか、毎回わからない。それはどこかに届けられ、件のように遺失物センターや交番から連絡がくるのだ。

なくしたものが返ってくるとき、私は本当に善意という目に見えないものを、はっきりと見る。善意というのは、何か善いことをしている自覚のもとにするのではなく、たとえば駅前で配っているティッシュをふっと受け取ってしまうような、何気ない行為なのだと私は信じている。私のパスケースを届けてくれた人は、ふと拾い、そのまま通りかかった駅か交番かに届けたのだろうと思う。そこに「自分は今善行をした」なんて意識はあんまりないのではないかと、私は思う。そこが善意のすごいところで、そうだからこそ、人って信頼に値する、と思うのである。もし、これが日本じゃなかったら、私はそんなふうな考え方をしなかったかもしれない。日本にやってきた外国人は、マクドナルドの座席に荷物を置いて注文しにいって、戻ってきてそれがまだ在ることにかならず驚く。異国を旅しているときは、とかくわかりやすい善意に感動するけれど、私たちの暮らす国でも、こんなふうなさりげない善意は、きちんと存在している。

戻ってくるから「なくす」癖がなおらないのでは、決してない。返ってこなかったものも多々あるし、子どものころのまま、なくしたことで世界が終わるような気がするほど、落ちこむことが未だにある。もうぜったいなくさないと、かたく誓ったり日記に書きつけたり、実際に慎重に日々を過ごしたりする。なのに、やっぱりなくす。三つ子の魂は百まで続くのだ。

ものをなくすことで学んだことがひとつあるとするならば、それは、ものの価値はお金ではない、ということだ。一〇万円の入った財布を落としても私たちは落ちこむが、十数年前から愛用している（もう充分もとは取った）ポーチをなくしても同様に落ちこむ。もう大人に怒られることもないし、なくしたことを隠す必要がなくても、やっぱり激しく落ちこみ、自分を責める。「もの」は、私たちの手元にしばらくとどまると、それがいくらであれなんであれ、きっとほんのちょっとだけ私たち自身になるのじゃなかろうか。

ひとめぼれの値段

世のなかの趣味には二種類ある。お金のかかるものと、かからないものと。私の趣味はことごとくお金がかからない。読書、料理、旅行。本は一冊二〇〇〇円前後だし、料理は毎日のこと、仕事のからまない旅行は年に一度いければいいほうで、しかも私の旅行は非セレブ系、はっきりいえば貧乏旅である。

と、書いていて気づいた。二種類あるのは趣味ではなく、人である。つまり、趣味にお金をかける人と、かけない人。世のなかにはその二種類が存在するのだ。だって、一冊数万円する稀覯本ばかりほしがる読書好きだっているし、高級食材を海外から個人輸入する料理好きもいる。ホテルは五つ星エステ三昧ブランドショップ巡り、という旅しかしない旅好きだって、もちろんいる。

どのようにしてその分かれ道があるのか、私には皆目わからないが、しかしともかく、趣味にお金をかける人はそれが当然だと思っているし、お金をかけない人はものごころついたときから趣味に大枚をはたかないのである。

それとはべつに、どうしたってお金のかかる趣味、というのもまた、ある。

女性系の趣味でいえば、その最たるものは着物だろう。宝石もある。男性系では、車や腕時計。ゴルフは男性女性に共通していて、やっぱりお金のかかる趣味だと思う。骨董もまたのめりこんだらたいへんな世界なんだろう。

不思議なことに、私のように趣味にお金をかけない派は、意識せずともそういうものに関心が向かない。

じつは私は若いときからずっとアニメ「サザエさん」に登場するサザエの母、磯野フネに憧れていて、三〇歳を過ぎたら和服を着て生活するんだと決めており、大学卒業後すぐに着つけ教室に通い、ひととおり自分で着られるようになった。そのときは当然ながら着物に関心があって、でも二二歳の小娘に着物道楽のできる余裕などあるはずもなく、古着の着物を買ってはたのしんでいたのだが、その関心も二〇代の半ばにはすっかり失せた。三〇代になったとき、「着物で生活するなどと、何を血迷ったことを言っていたのだろう」と我ながら若き日の決意がすでに謎だった。

三〇代の終わりころから、同世代の友人たちが着物に目覚め、何十万、ときにもうひとつマルの多い金額を着物に費やすようになったのを見るにつけ、「そういや私、着つけ習ったな」としみじみ思い出すのだが、彼女たちにつられて着物熱再来、ということもない。きちんと安上がりにできている。

ゴルフをはじめた友だちから、ウエアやパターやらを揃えていくら、ゴルフ場にいくのにいくら、半日コースをまわっていくらかかった、と聞くと、道具から揃える私もさすがにその金額に驚くのである。私が週末やっているマラソンなんて、それに比べればタダ同然である。もちろんサポートギアだのGPS内蔵腕時計など揃えてはいるが、いってみればそのへんの道をただ走る「だけ」なのだ。友だちにしてみれば、走ることのいったい何がおもしろいかよくわからないだろうが、私にしてもまた、ちっこいボールを長い棒で打って追いかけることのどこにおもしろみがあろう、と思うのである。関心の棲み分けがなされていることに、まったく感心してしまう。

とことん安上がりにできている私だが、何も、ケチってそうしているわけではない。趣味にお金をかけないぞと決めているわけではないのだ。だから、ときどき考える。衝撃的な恋に落ちるように、いつか何かに出合うのではないか。何か、とはつまり、値段なんかどうでもよくなるくらいのめりこめるようなもの。

などとぼんやり考えること数年、そしてついにその瞬間はやってきたのである。

インターネットにはあまり詳しくない私だが、料理好きなので、料理関係のブログはよく眺めている。料理のプロのブログもおもしろいし、ごくふつうの会社員や主婦の、アイディア料理や日々の献立も興味深い。先だって、とあるブログで使われている写真に、ふと目がとまった。つややかで品のある黒い和食器に、洋菓子がのっている写真である。私が見つめたのは洋菓子でなく、その食器。なんて食べものを魅力的に見せる食器だろう！

　ありがたいことに、そのブログには、その器の作家の名前が書いてあった。それを書いている人は、その人の器が好きでよく買い求めるとのことだった。インターネットなどまったく活用していないのに、私は何かにせっつかれるように、その作家を検索してみた。他県で活動している人だということがわかり、「なあんだ、とても買いになんかいけないよ」と思いつつスクロールしていくと、なんと、東京・港区のギャラリーで作品を展示中だと書いてあるではないか。しかも、会期は翌日まで。

　私はじつに出不精で、しかも致命的な方向音痴である。迷うのがいやで、知らない町にはまずいかない。まったく失礼な話だが、写真家の友人が個展のお知らせをくれても、そのギャラリーが未知の場所にあるというだけで、まず、出向かない。だから当然、まったく土地鑑のない港区、さらに駅からずいぶん歩くらしいギャラリーに、いこうなんて思わないのだ。そのときも、「私には無理だ」とため息をつき、そのページを閉じて仕事に戻ったのだった。

　けれど翌日、気になってしかたない。何度も何度も昨日見たページの、ギャラリーの地図を凝視し、洋菓子をのせた和食器の写真を眺めては「でも遠いし、これはきっと写真の撮りかたがすてきなだけ」と自身に言い聞かせた。が、どうにも落ち着かず、仕事をいつもどおり五時に終えるやいなや私ははるばる港区まで足を延ばしたのである。

駅から一〇分と地図には書いてあったが、方向音痴の私は当然迷い、二〇分歩いても、着かない。まったく知らない町を歩きながら、私はふと気づいた。「これはまさに、まさに私が長年おそれつつも待ちこがれていた『何か』ではないか！」と。だって、友人の個展すらいかない私が、写真でしか見ていない食器を求めて、こうして家を出、電車を乗り継ぎ、知らない町で迷い、迷いつつも「もういやだ、帰る」と思っていないのだ。これぞまさに、衝撃的な恋ではないか。

私はここで、はたと器には値段があると思い至った。いったいいくらなのか。作家ものなんだから、安いわけがない。高いに違いないのだが、しかし、どのくらいの高さだろう？　目を見張るほど？　目が飛び出るほど？　まさか、気を失うほど？　実物を見て、写真のとおり気に入れば買いたい。目を見張るほどの値段ならばまだ使える気もするが、目が飛び出るほどの値段のものを、果たして日々の食事に使えるだろうか。それとも、飾っておくべきか。でも、飾る趣味もスペースもないしなあ……。などと考えているあいだに、ようやく目当てのギャラリーにたどり着いた。

こぢんまりしたギャラリーに並んでいる器類は、写真で見たよりもすばらしかった。ぼってりした陶器なのに、どのような経緯で焼かれるのか、一見鉄みたいに黒い器が多い。が、間近でよく見ると、それぞれの器に異なった塗り跡の線があり、それが不思議なあたたかみになっている。何よりすばらしいのは、その食器に盛りたい料理がいちいち喚起されること。今の季節、これには菜の花の和(あ)え物を入れたらどうだろう。この器なら、焼き魚を置き、付け合わせを何も添えなくても見栄えがするんじゃないか。この大皿、かたまり肉とグリルした野菜だけでも、手の込んだ料理に見せてくれそう。気がつけば、手にはかたちの異なった何枚もの皿。びくびくしながら会計をしてもらったところ、予想していたより、ずっと安かった。作り手も、きっと日常に使ってもらうことを想定して作っているんだろうなと思える値段である。支払いをしながら、どこまでも安上がりな自分に「天晴(あっぱ)れ私」と静かにエールを送ったのだった。

好奇心と経済

以前から、友人の男性作家がホームベーカリーを絶賛していた。パンが焼け、餅（もち）がつける電化製品である。パンがとにかくおいしくできるのだそうだ。その話を聞くたび、ほしいような気になっていたのだが、私はこと台所用品に関しては慎重派である。パンがおいしく焼けるといっても、やはり素人パンの域を出ないのであろうし、それに、パンと餅だけのために新しい電化製品を導入するのはいかがなものか。それでずっと購入を見合わせてきた。

あるときこの友人が、パンと餅だけではない、ホームベーカリーではうどんもパスタも作ることができ、これがまた、もちもちつるつるしていてうまい、と言い、私はにわかにそわそわしはじめた。え、ホームベーカリーってパンと餅だけじゃないの？　うどん？　パスタ？　それらができるんなら、きっと中華まんの生地もできるはず、餃子（ギョーザ）の皮もピザ生地もできる。なんだ、そんなにいろいろできるんじゃないか。そうとわかると、俄然（がぜん）購買欲が高まる。つまるところ、私はけちなんだと思う。パンと餅だけでは、釣り合わない。プラス、うどん、パスタ、中華まん、ピザ生地、餃子皮、ここまでてようやく、「買ってもいいか」という気になるのである。

ピザ生地や餃子の皮は、粉から練ったほうがだんぜんおいしい。が、「粉を練る」ってやっぱり一苦労なのだ。五時に仕事を終えて買い物をして帰って五時半、七時には夕食にしたいのに、さあ、餃子の皮のための粉を練るか、という気には、私はまずなれない。だから餃子やピザ生地を皮から作るのは、来客があるときや、ゴールデンウィークや正月といった、まとまった休みの時期ばかり。でも、ホームベーカリーがくれば、苦労して皮を練らなくても、すぐにできあがるはず。そうだ、買わなくてどうする。

私はその週末、ほくほくして家電店に赴き、友人とおなじホームベーカリーを買ったのである。

まずは、いちばん基本的なパンを焼いてみる。同封してある説明書きを参考に、強力粉やドライイーストや、バターや水を加えて、スイッチオン。

まったく驚いたことに、これだけの作業でパンが焼き上がるのだ。取り出したり、寝かせたりする必要はなく、所定の時間がたてばパンのいい香りが漂ってきて、ピーピーと終了ブザーが響き、するともう、食パンが焼き上がっている。

これがまた、おいしい！　素人パンの域を出ないだろうなんて、とんでもない見下しかたであった。焼きたて、ということを差し引いても、市販のパンと勝負できるほどのおいしさである。

私はこの日から、粉に夢中になった。

パンといっても、いろんな種類のパンができる。説明書に書いてあるパンもいいが、ネットで検索すれば、それはもう、無数のパンのレシピが出てくる。蜂蜜パンや豆乳パン、全粒粉パンに米粉パン、ブリオッシュにフランスパン、カレーパンにメロンパン……無尽蔵。仕事の合間に私はそれらのレシピを書き写し、時間に余裕のある週末に何を作ろうかぼうっと考えては至福を覚え、いざ週末にはせっせとパンだの、中華まんだの、うどんだのを作り続けた。

驚くほどうまくできるパンがあり、イマイチだなと思うパンがある。ピザ生地はうまく焼けたが、中華まんの皮は改良の余地あり。などとやっていると、成功でもイマイチでもはっきり失敗でも、もう、たのしくてたまらない。もっともっと作りたくなる。

私の毎日には、ほとんど毎日のように締め切りがある。来週いっぱい、再来週いっぱいにやらねばならないことを考えると、「ぜったい無理だ」と思えてきて、ひたすら気分は沈みこむ。そんなとき、ホームベーカリーのことを考えると、ぱっと気持ちが華やぐ。大げさなようだが、本当のことだ。締め切りまでにきちんと間に合うかわからないけれど、とりあえず今週末は、全粒粉と蜂蜜でパンを作ってみよう、そう思うと、ぱあーっと明るい気分になるのである。どうして私はキャパシティ以上の仕事を引き受けてしまうのかと落ちこみながら、うどんを練ってジャージャー麺にしようかなと考えると、ふわーっと体の奥から幸福感がわき上がってくるのである。

粉には、何かそうした魔力があるのではないか。

以前、女性編集者数人と話していたところ、そんな話になったことがある。「むしゃくしゃしたことがあると、私、帰ってからパンを焼くんです」と、飲んでいる席でひとりが言った。癖のある作家に難癖をつけられたり、上司に無理難題をふっかけられたりしたときに、帰ってから、やおら粉を練り出すのだそうだ。「ぱーん、ぱーんと練っていると、だんだん気持ちが晴れ晴れしてくるんです」と言う彼女に、もうひとりが賛同した。「わかります、私もやるときあります。あれ、気持ちがすーっとするんですよね」とのこと。

編集者という人たちは夜が遅い。午前さまだってざらだろう。そんなに深夜に帰ってきて、ぱーんぱーんと粉を練る。想像すると、おそろしくもある。その「むしゃくしゃ」の元が私だったらどうしよう、と思わないでもない。が、そのすっきり感、鎮静感は、私が何パンを作ろうかと考えて幸福感を味わっているのと、おなじ種類のものだと思う。私は「ぱーんぱーん」ではなく、スイッチオンだが、それでも粉から何か、実のあるものを作る、それだけでストレスというやつは発散していくのではなかろうか。

これはパン焼きだけではなく、すべてのものごとに通じると思うのだが、「道」というものがある。パンならばパン焼き道がある。はじめたばかりのときは、私たちはただ広い部屋に通される。その広い部屋で、たのしいー、おもしろいー、と言っていればいいのだ。そうすると、その部屋で会っただれかが、「この奥に、もっと部屋があるのよ」と、扉をひとつ、開けて見せてくれる。開いた扉に足を踏み出すと、そこから「道」はずーっと続いている。道の先には扉があり、その扉の向こうにも道は広がっていて、その先に扉がある。その道は、最初のうちは広いが、どんどん狭まっていく。

たとえばパン道。パン焼きがおもしろい、という段階の次は、もっとおいしくしたい、と思う。そこでもう、私たちは扉を開けて、道に足を踏み出してしまっているのだ。パンをふんわり焼きたいという扉があり、形成パンのかたちをよくしたいという扉があり、菓子パンをもっとうまく作りたいという扉があり、あれよあれよというまに、私たちは扉を開けながらどんどん奥へと進んでいる。

仲良しの友人の趣味がパン焼きで、あるとき「天然酵母を使って焼くとおいしいよ」と、教えてもらった。「むずかしいんじゃない?」と訊くと、「かんたんかんたん」とのこと。このとき私ははっきり感じたのである。ああ、今また私は扉を開けて新しい道に入ってしまった、と。

だって、そう聞いてしまったら、もう次の週末は天然酵母でパンを焼こうということで頭がいっぱいになり、そう考えているあいだは快楽物質でも出ているかのごとくしあわせで、ふらふらと天然酵母を買い求め、週末、快楽物質を出しっぱなしでパンを焼いているのである。

ドライイーストでなく天然酵母で焼くパンは、たしかに、風味と香りがすばらしくよくて、感動した。ああ、また扉をくぐってかんたんには戻れない世界にきてしまった……。焼きたてのパンを夕食後にほおばりながら、私は宙を見つめて思うのである。

そして扉をどんどん開けて「道」の奥に進んでいくと、購買欲も刺激される。食パン型がほしくなる。スケッパーがほしくなる。さらに、うどんやパスタをもっとうまく作りたくなり、パスタマシーンがほしくなる。値段のそう高くないものをさがし、ひとつひとつ、買うようになる。

そうして道具を揃えながら、私はふと、経済について思いを馳せる。

経済が潤滑にまわるシステムというのは、つまりはこういうことなんじゃなかろうか。何かに興味を持つ。ほしいものが自然に生じる。ほしいから、買う。するとさらに世界が広がり、その広い世界にはまた点々と興味深いあれこれがあり、それを手にするとまた世界が広がっていく。好奇心というのは経済を活性化させる重要ファクターなのであるな。とすると、不景気というものがあんまり長びくと、それは私たちから好奇心をじわじわと奪っていくのではなかろうか。

数年前に、定額給付金というものが支給された。多くの人が、きっと、これで経済って回復するの？　と首を傾げながら一万二〇〇〇円を受け取ったことだろう。それで助かった人も多いだろうし、実際にその金額で商品を購入した人もいるだろう。でも、好奇心を支給できたらもっとよかったのではなかろうか……などと、詮無いことを考えてしまう。

たかだかホームベーカリーで経済とは、ずいぶんな飛躍ぶりであると我ながら呆れてしまうが、しかし、あながち馬鹿げた連想でもないような気も、する。

飽きて使わなくなるのではないかという懸念もあったのだが、私は今日も、時間があれば何パンを作ろうか考えて、粉を練っている。あれこれ道具を揃えたのも、きっとよかったのだろう。「せっかく買ったのだから」と、気持ちを奮い立たせてくれるのだから。友人作家のおかげで、今までそこにはなかった扉を、私はひとつ持ったのだと思う。「道」をきわめようと思うとたちまち挫折することは請け合いだから、もっとゆるやかにその扉を行き来していこうと思っている。

好奇心が発端で物欲が開花し、その物欲のままに何か購入する、ということだけが、善きことだとは私は決して思っていない。そうではなくて、それがお金で買えるものであろうとなかろうと、今までは存在しなかった扉を持つことは私たちには重要であるなと思うのだ。ストレスでも失望感でも焦燥でもイライラでも、そうしたものから逃れて身を隠せる扉をひとつでも多く持つことは、ほんと重要だ、と、締め切りまみれの私はつくづく思うのである。ホームベーカリーでこれだけ幸福になれる手軽な自分でよかったとも、また思うわけだけど。

プレゼント苦悩

プレゼントのうまい人と、そうでもない人というのが世のなかにはいて、これはもう、持って生まれた才能、素質だと私は思っている。そんなふうに思う私は、もちろん後者、プレゼント下手だ。

いや、だれしも、実際のところはうまいか下手かなんてわからないはずだ。プレゼントをもらった人は、よほど変わった人でないかぎり「うれしい、ありがとう」と言う。いらないものをもらっても、うれしくないものをもらっても、そう言う。私たちはそのように親から、あるいは社会から、きちんと躾けられている。

私ももちろん、今まで、プレゼントを渡したすべての人に「うれしい、ありがとう」と言われてきた。にもかかわらず、自分はプレゼント下手だという意識がある。

まず、プレゼントの値段相場がわからない。きっと、友だちとか恋人とか家族とか、あるいは誕生日とか結婚とかお礼とか、その関係性、できごとの種類によって、相場というものは違うんだろう。

以前、クリスマス直前のデパートのアクセサリー売り場が、カップルで埋め尽くされていて仰天したことがあるのだが、このときいっしょにいた友人が、アクセサリーの値段相場について語ってくれた。彼によると、クリスマス前シーズンに並ぶアクセサリーは圧倒的に一万円台、二万円台が多い、なぜならそれが、男の子がクリスマスプレゼントに払ってもいいと思う最大公約数値段なのだ、ということだった。なるほどなあ、と感心した。そのくらいの値段なら、交際一カ月目でも、はたまた交際八年目でも、払いやすい金額だろうと想像する。その一週間後に別れることになっても、その金額だったら喪失感もさほどないのではないか、と下世話な想像までしてしまう。

それはともかくとして、たとえば恋人でもなんでもない友だちに誕生日プレゼントを贈る際にも、暗黙の相場はあると思う。自分がもらう側で考えると、一万円、いや、五〇〇〇円でもなんだか心苦しい。

だれかに何かをプレゼントしようとするとき、私はこんなふうに、相手に負担をかけず、かといって軽んじてもいない相場から考えはじめ、相場を決めた次は何を贈るかで、苦悩する。まさに苦悩である。

なぜに苦悩するのかといえば、これは困った、と思うプレゼントをもらった経験があるからだ。

私の知り合いで、お中元お歳暮おみやげ含めてもらいものが大ッ嫌い、という人がいる。ある有名人の妻が離婚の際、毎日毎日宅配便で贈りものが届き、うんざりしたと言ったらしく、その妻の気持ちが痛いほどわかる、と言う。高価なものでも好物でも、もうほんっとうになんにも私はもらいたくない、と言っていた。

　私はたぶんその人とは正反対で、人からもらうものにじつに無頓着なところがある。お返しのことを考えなければならない場合は面倒だが、基本的にプレゼントは大好き。一〇代のころ、好きでもない男の子からもらったぬいぐるみを、ひとり暮らしをはじめて引っ越すまで部屋に飾っていたし、我が家の台所にある調理具の多くは友人たちのプレゼントだ。なかには、使わないまま十数年たつレモン搾り器もある。かわいくてお洒落なのだが、実用的ではないのだ。でも、捨てない。

　そんな私でも、マイッタ、と思うプレゼントは、ある。

　思うに、プレゼントのうまい人、下手な人、という区別のほかに、プレゼントすることがちっともこわくない人、という区分もあるのだと思う。

　たとえば、服やアクセサリーといった個人の趣味が歴然とあるものを、同性にプレゼントできる人。私も幾度かもらったことがある。ピアスをもらったこともあるしネックレスをもらったこともある。Tシャツをもらったこともある。それらのなかで、半分くらいは自分の趣味に合致したものだったが、半分は「へ、どうしてこれを私にくれようと思ったんだろう?」と思うようなものだった。私が好きそう、というよりも、彼女たちそれぞれの好みのものを、贈ってくれたのだろう。しかしこれはまだ、私にとってはさほどマイッタではない。私はその新鮮さがおもしろく、自分では決して選ばない、買わないであろうアクセサリーや服を、よろこんで身につける。よろこんで身につけながら、「えらいなあ、勇気あるなあ」と、その友人たちのことを思う。私はそんなことはぜったいにできない。つきあいの長い、好みを知り尽くしている友だちにすら、服やアクセサリーはこわすぎて贈ることができない。

本、という贈りものも、勇気がいる。私は滅多に贈らない。プレゼントとしてもらうことはたまにあるが、これまた服と同様、勇気あるなあ、と思う。読書とか、本の好みというのは、服よりアクセサリーより激しく個人的なもので、自分がおもしろいと思ったものを他人がそう思うとはかぎらず、また、読後の感想など、ぜったいに共有できるものではないと私は思うのだ。本を人に贈ったら、その人はたとえ興味がなくとも義務感で読むだろうし、読んだら感想を伝えてくれるだろう。そのことがつらいし、こわい。本を勧めることはできるのだが、贈ることはどうにもできない。じつをいえば贈りものとしてもらったとき、ほんの少しだけだが、マイッタ、と思う。

数回会っただけの知人から、自分の描いた絵、というプレゼントをもらったことがあるが、これはたいへんにマイッタ。絵は、本とおなじくらい個人的な趣味、というよりも、内面に直結した何かである。何十億もする有名画家の真作でも、いらない人は本気でいらないだろう。まして、そこまで深い友人でもない人からの、自作の絵である。描くのに時間も労力もかかったろうと思うから、おいそれと処分もできないし、人にもゆずれない、しかし飾りたいとも思わない。もちろん絵の上手下手の問題ではない、私と絵画という、別次元の問題である。

奥さんの誕生日には、毎年三〇〇本の薔薇を贈るという男性を知っている。新婚ならまだわかる。が、結婚五年目の今年もまた贈ったという。この話を聞いていた女性の多くは、いいわねえ、と言っていたが、私にはマイッタを通り越して恐怖であった。花の好きな女性は多いが、私は苦手なのだ。長く咲かせる工夫ができないし、水を取り替えることも忘れてしまうし、枯れたときに処分するのが、もう本当に、つらい。それが三〇〇本である。もちろんこの人の奥さんはそんな私とは正反対だから、彼は毎年贈るのだろうが、もし、薔薇三〇〇本、本当はいらないのに、気持ちがありがたくていりませんと奥さんが言えずにいたら、と考えると、やっぱりこわくなる。こんなことを考える私はきっとひねくれものなのだろうけれど。

多少の差はあれ、このマイッタ、を、私も人に贈っていたらどうしようと考えると、苦悩なのである。しかも、プレゼント下手の自覚があるからなおのこと、苦悩。あまりの苦悩のあまり、私は本人にほしいものを直接訊くか、あるいは消えものを贈ることに決めた。消えもの、つまり飲みもの、食べもの。残らないもの。
消えものは双方、便利である。その人がお酒を飲む人か飲まない人か、チョコレートが好きか和菓子が好きかといったことは、ある程度わかっている。そんなわけで私は最近、ワインやチョコレートばかり贈っている。もっと親しい人は、あれがほしい、これがほしいと言ってくれるから、こちらも失敗はなくなった。

苦悩も失敗もない贈りものは、贈る側も受け取る側もたいへんに助かるわけだが、けれど、それだけ、というのも、なんだか合理的すぎるなあ、と最近、思うようにもなった。

昨年暮れに、仕事場の大掃除をしたのだが、台所の棚に、開けていない箱がずいぶんたくさん入っていた。中身を確認すると、お歳暮でもらってそのままになっているスープ缶だとか、何かの記念品でもらった漆器だとか、結婚式の引き出物の食器だとかが入っている。そのなかに、二客のシャンパングラスがあった。箱には「寿」の熨斗がついている。あっ、と思った。

結婚のお祝いにもらったのだった。そのときもらった手紙の内容を、私は鮮やかに思い出した。結婚のお祝いに割れものを贈るのはよくないと言われているけれど、ぼくはこれを店頭で見て、とても美しいと思ったので、ぜひ贈りたかった、今回のことを本当によろこばしく思う、どうぞずっとおしあわせに、という内容である。その贈り主は編集者で、それを贈ってくれた少し後に亡くなっている。

彼の言うとおり本当に美しいそのグラスを、使ったら割れてしまうから、私はたいせつにしまいこんだのだった。しまいこんだまま、忘れてしまったのである。仕事場で友人たちと飲むときは、自分で買ったシャンパングラスやワイングラスを使っている。

　それまで親族や知人友人が亡くなるたび、彼らが遺したものを見ては、品物は残酷だと思っていた。彼らよりよほど長く在り続けるのだ。たとえば父のゴルフバッグだとか、母の編んだセーターだとか、そうしたものを見るたび、私はいちいちかなしみを突きつけられた。

　けれど忘れるくらいたいせつにしまいこんであったそのシャンパングラスを見て、残酷なばかりでもない、とはじめて知った。その人はもういないけれど、でもここに、彼の気持ちがある。祝ってくれた気持ちと、それから、培ってきた私たちの関係がある。シャンパングラス、どうせなら使おうかと出しかけ、思いなおしてもう一度しまいこんだ。きっとまた一年後、あるいは二年後、私はまたしまったことを忘れて、見つけて驚くだろう。その都度、彼からプレゼントをもらった気分を味わうだろう。

　消えものや、その人がほしがっている贈りものは便利だし、どちらも困らないけれど、でも、こんなふうに心に残らないのではないかなとそれ以来、思う。下手でもいいから、親しい人には思い切って、今度は消えない何かを贈ろうかなと思うのだ。いつか私がいなくなっても、その人が私を、私と過ごした時間を思い出してくれるような、何か。

猫と母

我が家に猫がやってきた。一月に知人宅で生まれた、まだ生後半年の赤ん坊猫である。私は今まで一度も猫を飼ったことがない。子どものころ飼っていたのは、インコや文鳥といった鳥だけ。鳥より大きな生きものは飼ったことがないのである。だから猫について、まるでなんにも知らない。夫は実家でずっと猫を飼ってきたというので、幾分安心してはいたが、それでもやっぱり不安である。私にきちんと世話ができるか？　慣れていないために私が猫に嫌われたらどうしよう？　猫が、我が家より生まれた家がいいと帰りたがったらどうすればいいのだろう？

まるで心配していない様子の夫に切々と不安を訴え続け、だいじょうぶと一〇〇回くらい言われ、それでも不安なまま、猫を迎えたのである。

びっくりした。猫という生きものは、じつに静かに上品にひそやかに、生活にするりと組みこまれてしまうものらしい。トトと名付けられた赤ん坊猫は、ひととおり我が家のにおいを嗅いで歩いたのち、私の手に頭をのせて膝で眠った。夜は夜で、寝床にやってきて私の枕に頭をのせてそのまま眠り、明け方、私の腕やら腹やらで前脚をフミフミして起こし、餌をちょうだいよとせっついている。そ、それでいいの⁉と、こっちがおろおろするほど堂々かつあっけなく、我が家の一員になってしまった。

そうして私は猫界というものに足を踏み入れたのである。

各界と同様、猫界にもまず物理的に必要なものがある。猫に不可欠なトイレやトイレの砂、餌、おやつ、キャリーバッグ、不可欠でもないがあれば望ましい多々のおもちゃ、身だしなみグッズ、などなどがあり、はたまた非物理的なものとしては、こうすべきだ、こうすべきではない、こうしたほうがいい、よくない、といった情報が、わんさとある。

こういうすべて、猫と無関係に暮らしていれば、何ひとつ知らないのがふつうなのだ。現に私は何ひとつ知らず、物理的なものもそうでないものも、その量と種類の多さに圧倒されるばかり。猫界を知っている夫にいちいちどれがいいかお伺いをたてないとならない。

それにしても、猫用缶詰ひとつとっても、七七円のものもあれば、一二〇円のものもあり三四〇円のものもある。その店でいちばん安い七七円じゃなんだか猫に申し訳ない気もするし、かといって三四〇円の缶を毎日では高すぎるんではないか。

そう、猫界でも犬界でも、あるいは着物界でもホームベーカリー界でも、どんな世界でも、そこに足を踏み入れた人はその世界に氾濫する値段と、まず、向き合うことになる。

　そのように、値段の量と種類にも驚きながらひととおりのものを揃えたわけだが、揃えたら揃えたで、もっといいものがあるのではないかと思う。トイレの砂は、もっと軽くて持ち運びやすいものはないのか？　猫缶を今日はあんまり食べなかったが、もっとこの猫が気に入る缶詰があるのではないか？

　必要不可欠なものは、猫の様子を見つつ、吟味しつつ、値段も見つつ、そのように用意していくわけだが、さて、不可欠、というほどでもないものもある。

　たとえばおもちゃ。そりゃもちろん、おもちゃはあるにこしたことはないのだが、一匹の猫にそんなにたくさんのおもちゃがあってもしょうがないし、はたまた、勝手に買っていったところで、当の猫が気に入ってくれるかどうかもわからない。それに、ネズミだの蝶だののかたちをしたおもちゃを、果たして猫は本当によろこぶんだろうか。猫界初心者の私は、猫グッズ売り場のおもちゃの棚の前で途方に暮れる。

　途方に暮れながらも、いくつか買ってみる。紐のついたネズミ型のおもちゃ。なかに鈴の入っている丸いボール。ふわふわの猫の脚を模した棒。それらを遠くに飛ばすと猫は走っていってしばし格闘し、格闘に飽きるとくわえて戻ってきて、私の足元にぽとりと落とす。えええーっ。これにも驚いた。こういうことをするのは犬だとばかり思っていたのだ。

足元に持ってこられたおもちゃを飛ばす。追いかける。格闘する。戻ってくる。落とす。これを、赤ん坊猫はまるで飽きることなく、一〇回でも二〇回でもくり返す。人間でも猫でも、子どもはくり返すのが好きなんだなあ、とはじめて知った。

そしてそうしたおもちゃは、必ずといっていいほど、すぐなくなる。ひょいと出てくることもあるが、たいていいなくなる。なくならないおもちゃには、うちの猫は飽きる。

そしていったいどういうわけなんだか、買ってきたのではない、間に合わせの手作りおもちゃはいつまでもなくならず、またいつまでも猫は飽きない。

たとえば、そのへんにあった紙を丸めて、紐をつけただけのもの。これならまだ飼い主の創意工夫が感じられるが、レジ袋を丸めただけのもの、ペットボトルのふた、ストロー、といったものを、うちの猫はたいへんによく好み、かつ飽きずにずっと遊んでいる。そんなわけで、おもちゃはもういっさい買わなくなった。

しかしそういう姿を見ると、なんとなく「すまないねえ」という気持ちになる。みんなが持っているニンテンドーDSもサッカーボールも買ってもらえず、しかたなく、そのへんの木ぎれで地面に絵を描いたり、レジ袋をふくらましてボール代わりに投げたりしている、すねた子どものように見えるのだ。

つい先だって、同時期に猫を飼いはじめた、とある方が、キャットタワーなるものを購入したと、ご自身のブログに書いていた。キャットタワー。これまた私には、はじめて耳にするものだ。たしかに、猫は高いところに飛び乗ることに並々ならぬ意欲とよろこびを感じているようではある。うちの猫も、テーブルや流し台にまで飛び乗りたがっている。

キャットタワーか。買うか、どうすべきか。

しばし考え、またしても猫界を知る夫に相談し、結局、買うことにした。インターネットで検索すると、出てくる出てくる、いろんなタイプのタワーがある。なんでもいろいろあるんだなあと感心しつつ、またしても値段の幅に啞然とする。一〇〇〇円台のものから、五万円くらいのものまである。あんまり安いのでは頼りないし、でもかといって五万円で買って、気に入らなかったら……。

最終的に私が選んだものは二万円弱のもの。いちばんデザインがすっきりしていて、場所をとらないものだったから。

インターネットで注文した数日後、さて、タワーは届いた。私は何かを組み立てるのが苦手で、すぐに癇癪を起こし放り投げるので、組み立てが必要なものはいっさい買わないことにしている。が、そんな私が、猫のためならと、仕事で地方にいっている夫の協力も待たず、段ボールを開け、重かったり持ちづらかったりする部品と格闘し、仕上げたのである、キャットタワー。

ところが、猫はこれに見向きもしない。あいかわらずペットボトルのふたとか、噛みすぎてつぶれたストローなんかで遊んでいる。ちょっとちょっと、こんなに立派な(ペットボトルのふたよりよほど高級な)おもちゃが届いたんだから、少しは興味を示してちょうだいな、と、気がつけば声に出して話しかけている。もちろん猫は「さようですか」なんて応えたり、しない。

ところがその日の夜、台所で調理しつつリビングを見やると、猫がタワーに上っているではないか。しかしながらまだ慣れず、上の段に前脚をかけて上ろうとするが、うまくいかない。飛び乗ろうとしておしりから落ちたりしている。思わず駆け寄り、お尻を持ち上げ上段にのせ、「わあ、すごいすごい」とこれまた叫んでいる。猫がさらに上の段に前脚をかける。「すごいすごい!」ほとんどお尻を押し上げるようにして、のせてやる。「すごいすごい!」阿呆(あほう)である。

このタワー、いちばん上の段に猫用の丸いハンモックがついていて、そこでくつろげるようになっている。二日目には猫はこの段まで上ってハンモックにすっぽりとおさまった。

ヨカッタヨカッタ。気に入ってくれてヨカッタヨカッタ、でもあるし、二万円弱が無駄にならず、ヨカッタヨカッタ、でもある。

数日で、猫はこのタワーをすっかり我が物顔で占領するようになった。上り下りも、初日と比べたら格段に上手(うま)い。動物の学習能力はすごい。

あれ、猫がいない、と思うと、このハンモックにすっぽりとおさまって、じーっとこちらを見ていたりする。雑巾（ぞうきん）がけをしたり、洗濯物をたたんだりしながら、ふと見上げると、ハンモックから猫が首だけ出して「ふむふむ、感心感心」とえらそうな顔で家事労働にいそしむ私を見下ろしていることもある。

母親がまだ生きていたころ、何かで衝突するたび、「あなたも親になればわかる」と言っていたことを、猫がきてから思い出すようになった。母と何で衝突したのか、もう覚えていないから、母が具体的に何を「わかる」と言っていたのかは思い出せないのだが、それでもやっぱり「うん、たしかにわかる」と思うのだ。たとえば「どうせすぐ飽きるんだから」という理由で、母は、ドールハウスのようなかさばるおもちゃを決して買ってくれず、私はそんな母を、厳しいばかりの人と子どものころから思っていたのだが、そういうことでもなかったなと、今は思う。数多（あまた）ある猫のおもちゃ売り場でふと足を止め、「いや、キャットタワーを買ったばかりだ」と胸の内でつぶやきそこを立ち去る私は、むやみにおもちゃを買ってくれなかった母の気持ちが、たしかにわかるのである。

なんて言ったら、猫の苦手だった母は、「猫といっしょにするなんて、まだまだなんにもわかってない」と呆れて言うのかもしれないけれど。

一回こっきり、の限度価格

前回、今まで縁のなかった猫界に足を踏み入れたことを書いたが、今回もまた、新たな世界にいってしまった話を書こうと思う。

それは「山界」。山登りの世界である。

友人たち、一五人ほどでマラソンチームを結成しているのだが、夏は走るのには暑い。でも、何か活動したいねと話しているうち、だれかが「富士山に登ろう」と言い出した。チーム内に富士山登頂経験のある人が二人いて、「夏の富士は楽勝で登ることができる」と、両者が言う。

でも、私たち全員、山なんてまったく関係なく生きてきたし、いくらなんでも無謀なのでは……と不安げに言う人も、幾人かいた。が、その人たちも、「でも、富士山だよ? 一生に一度、登りたいと思わない?」という、酔っただれかの一言で、「それもそうだねえ……」と、登るほうに傾いた。

そう、富士山に登るか否かという重要な話し合いがもたれていたとき、私たちは酒を飲んでいた。酔っていた。それも、かなり。つまるところ富士登山を「ノリで決めた」わけだが、まさに酔狂、酔っていなければそんなことは決めなかったろう。

　この重要な酔っぱらい会議中、私はちょっと得意げな気持ちでいた。なんといっても、私は初心者ではない。以前、テレビの仕事でイタリアはドロミテの雪山を数度トレッキングしたことがあるし、二四〇〇メートルの山にも登った。日本では、奥鬼怒（おくきぬ）にある、やはり二〇〇〇メートル強の山に、ごくふつうの運動靴と木の枝片手に登ったことがある。なぜそんな愚行をしたかといえば、山に登ると知らず友だちの旅行についていったからなのだが、でも、その軽薄な軽装でもちゃんと登ることはできた。

　もちろん分類でいえば、私も立派な初心者である。しかも、ドロミテでは「帰りたい、だまされた、帰りたい」とずっとつぶやいていた。奥鬼怒では「こんな本格的な山登るなら最初から言ってよ！」と友人にずっと怒っていた（聞いていなかったのは私なのに）。その上友人からヤッケを奪うように借りて、寒さに震えながら登頂した。

　でも、それでも、ここにいる、酔っぱらっているみんなよりは経験があると、当然酔いも手伝って得意になっていたのである。「登る」「無理じゃない？」議論を、だから私は口を挟まず、余裕の笑みで見ていた。件（くだん）のひと言で最終的に登山が決まったときも、「ひさしぶりにがんばるか」などと不遜（ふそん）に思ったのだった。

　五合目にある山荘をグループ内のひとりが予約してくれ、私たちはそれぞれ、その日に向けて準備をはじめたわけだが、準備といっても思いつくのは、必需品の購入のみ。富士登山を甘く見ていた私は、登山する日直前の週末、ようやくスポーツ洋品店に赴いた。

まず、登山靴。やっぱり山界も値段の幅がある。夏のセールで割引されて五〇〇〇円未満のものもあれば、二万円のものもある。が、靴を物色する私に重要なのは、値段よりもむしろ見た目。「おそらく富士登山が終われば、当分、いや二度と山に登らないだろう。だとすると、いかにもごつい登山靴よりは、普段履きに堪えうる見栄えのいい靴が……」と、いじましくも考えてしまう。でも、そんな見栄えのいい靴で、富士登山、平気なのか？　と、ちらりと不安がよぎりもする。私は山グッズ売り場の店員さんを呼び、登山初心者であること、富士に登ること等説明し、どの靴がよいか、教えを乞うた。すると店員さんも、言うではないか。

「夏の富士はほんと、楽勝なんですよ。道があるし。高いってだけです。だからこんな本格的なものではなくて、これくらいのレベルで充分ですよ」

そして彼が指し示すのは、さっき私が眺めていたお洒落な見栄え靴。よっしゃ、これだ、と私は即購入決意。値段は一万二〇〇〇円くらい。その後も履けるとすれば、まあ、妥当な値段だろう。

さらに、そのお店には「富士山セット」なるものも売られていた。酸素缶、ヘッドライト、軍手、山用ソックス、電池などが入って、四〇〇〇円くらい。私はここでケチって、ふつうの軍手はあるし、靴下なんて山用じゃなくてきっと平気だし、ヘッドライトと酸素だけ買えば四〇〇〇円より安い、と個別にかごに入れ、それから紐付き帽子を買った。靴と合わせて、二万円弱。

ヘッドライトも紐付き帽子も、のちのち使う場面があまり思いつかないが、でもまあ、靴も合わせて二万円未満ならば、夏休みのレジャー用出費として、妥当ではないか。そう思いつつ、スポーツショップをあとにした。

けれど、登山当日が近づくにつれ、だんだん不安になってきた。

ストックやゴアテックスの山用ズボンは買わなくていいのだろうか。雨具は？　防寒着は？　ゼリー状のサポート食品は？　酸素は足りる？　サングラスは？　ほかには？

仕事で外出する機会があるたび、私は導かれるようにスポーツ用品店に赴き、山グッズ売り場にぼーっとたたずみ、何を買うべきか考えた。

しかしながら、問題は「一度きり」である。おそらく、今回一度きりしか使わないのに、ストックを買う？　ゴアテックスのズボンを？　サングラスを？　でもなくて本当に平気？　登山途中で後悔しないか？　ああ、あればよかったと、泣き濡れながら思わないだろうか？

心は千々に乱れ、千々に乱れたような買い物を、結局私はしたのだった。

直前に買い足したのは、五〇〇〇円弱のストック、一万円弱のゴアテックスズボン、チョコレート。

なんかもう、購入商品とその値段に、「なくて困りたくないが、一度きりのものに大枚はたきたくない」心情にくわえ、「でももしかして、また使う機会があるかもしれないから、あんまり安くてもいやだ」という中途半端な心情までが、ありありと透けて見える。

さて当日。私たちは午前一時に山小屋を出、五合目から登りはじめた。全員初心者のチームメイトたちは、みんな真新しい登山靴に真新しい登山着である。一度きりのものに金の糸目をつけない人、私のごとく逡巡がばれればれの人、詳しい情報をもとに入念な準備をしたらしい人、「一度きり」のほとんどを省略した身軽な人、さまざまである。

そして六合目を過ぎたあたりで、私は激しく後悔した。もしタイムマシンがあれば、あの飲み会に今すぐ戻り、「だめだめ、富士なんて私たちには無理」と大声で提案しているだろう。

本当につらかった。今まで登った山々は、傾斜がゆるやかで、しかも雪山ですら何かしら景観が見えた。木とか、遠くの山とか、町とか、花とか。富士山は、傾斜が急で、しかも岩山、砂利で足は滑り、あまりに高すぎて風景など夜空以外何も見えず、高山病にならずとも息が苦しく、数メートル歩いただけですぐに体が重くなる。しかもみんなとはぐれ、たったひとりで暗闇のなか、ヘッドランプの明かりを頼りにとぼとぼ歩く。歩いては休み、呼吸を整え、リタイアしようかと真剣に迷い、しかし戻るのにおなじ道を歩くことを考えると寒気がし、あきらめたように歩き出す。そのくり返し。道のそこここに、具合の悪くなった人、疲れた人、私のように呼吸がつらい人が、寝転んだり、しゃがんだり、頭を抱えたりしている。ああ、かなしいことに、そんなみんなの靴もズボンもヘッドライトもストックも、すべてが私と同様まっさらの新品。

午前五時前後、私がまだ九合目あたりをぜえぜえとうろついているころ、東の空がほんのりと赤みを帯び、やがてゆっくりと陽が昇りはじめた。が、みんなとはぐれた私は「ご来光よ！」と言い合う相手もいない、また、ご来光をしみじみ見てうつくしいと思う余裕すらない、ただ、「ああ、陽が昇ってるなあ」とすさんだ心で思いながら、ひたすら、歩を進めたのだった。

山頂付近は、階段状になっており、ここが正月の神社並みに混んでいる。列ができていて、ひたすら待ち、ようやく数段登る、というような渋滞ぶり。体力のある人は苛々するだろうが、疲れ切っていた私にはそのスローペースがありがたかった。

そうしてようやく登頂。達成感より疲れが勝っている。「やった！」ではなく「もう登らなくていい」という消極的な感想だけがわき上がる。山頂には神社があり、コーヒーやビールやみやげものを売る店が軒を連ね、ものすごい行列の先にトイレがある。山頂もまた、大混雑。ここでようやく私は仲間と合流し、みやげもの屋の休憩所で、ラーメンか豚汁か激しく迷い、豚汁を食べた。ちなみにラーメン九〇〇円、豚汁八〇〇円である。私と友人たちは無言でそれらを食べ、すすった。豚汁はしょっぱくて、その塩分が五臓六腑に染みわたった。本当においしいと思ったが、標高三七七六メートルを登ってもう一度食べにいきたいとは当然ながら思わない。

人でごった返した山頂では、その混雑と騒音をものともせず、じつに多くの人が寝ていた。自宅の和室で昼寝しているみたいに、至るところで無防備にごろごろと横たわっているのである。みんな深夜出発だから寝不足なのと、疲れと、軽い高山病のせいもあるのだろう。壮観なくらいの大勢の寝姿である。そうしてやはりそのみんな、靴も服もナップザックも帽子も、私とまったくおんなじに、まっさらの新品。さっきはなんだかものがなしかったその新品具合が、だんだんいとしく思えてくる。

今ここにいる登山初心者のみんな、私とおんなじように、「一回こっきり使うのに、いくらのものを買うか」でさんざん悩んで買ったんだろうなあ。疲れで朦朧とした頭であるのに、そんなことを思う。そうしてやっぱり、みんな私と同様に、「大枚はたいてきたくない」と「今後使う機会があるかも」の中間を選んだのに違いない。そしてきっと、私がそうするように、この多くの人たちも、帰宅したら登山靴も登山着もその他の山グッズも、家のどこかにしまいこみ、そのまま二度と出すことはないのだろうなあ。

夏の富士登山客は、三〇万人近いらしい。はて、そのうちの何足の登山靴が、何着の登山着が、その後もばりばり活躍してくれるのか。うちのは当然、すでにクロゼットの奥で深い眠りについています。

思い出は高騰する

二一歳のとき、実家を出てひとり暮らしをはじめた。ひとり暮らしに反対だった母を説き伏せるために、「生活費はいっさいいらない」と私は言った。何もかも自分でまかなうのであれば、反対もできなかろうと思ったのだ。大学の授業料は母に負担してもらわなければならなかったが、二一歳からもの書きとして働いていた私には、贅沢しなければ生活できる程度の収入はあった。

母に何も口出しさせないよう、新居に必要なものはぜんぶ自分で揃え、あとの大半は、実家で使っていたものをそのまま持っていったり、友人からゆずり受けることにした。

いらない、と言っているのに、それでもと、無理矢理母が新居に買って送りつけてきたものが、四つある。靴箱と下着用の小型洗濯機と掛け軸と、大中小の鍋である。

鍋以外、すべて不要だった。靴箱は馬鹿でかすぎて、ワンルームのアパートの、ちいさな玄関に置けなかった。たたきに立てかけて斜めにしないと置けないのだった。コインランドリーで下着を洗うのは物騒だからという理由で送られた小型洗濯機は、小型というには大きすぎ、脱衣所もないユニットバスに、おさまるはずがなかった。掛け軸は……言わずもがなである。絨毯（じゅうたん）敷きのワンルームの、どこに掛け軸を飾るのか。その三つ、母の世間知らずに苛々しながら返品した。

大中小の鍋にしても、なぜ三つあるのかと私は不思議だった。「大きいのはカレーやシチューや煮込み料理、中くらいのは煮物、ちいさいのは味噌汁やスープに」と母は言うのだが、大は小を兼ねるでいいではないかと思っていた。その鍋を返品しなかったのは、三つ重ねた鍋をしまうスペースが、台所にあったからにすぎない。二一歳まで親元で暮らし、米をといだことも洗濯機をまわしたこともない私は、料理などしなかった。煮込みも煮物も、味噌汁すらも作らなかった。鍋は、台所の棚のなかにひっそりとただ、在り続けた。

それから二二年たった。あのときたまたまスペースがあったから返品しなかった大中小の鍋は、驚くべきことに今もある。

ワンルームから1DKへ、2DKへと、加齢とともに部屋は広くなり、二二年のうち一〇回以上の引っ越しをした。居心地のいい部屋があり、三カ月で引っ越した部屋もある。そのどの部屋の台所にも、この鍋はあり続けたのだ。

私が料理を覚えたのは二六歳のときだ。小説が書けず、悶々（もんもん）とし、書かないまま一日を終えるのがなんとも苦痛で屈辱で、夕方に買い物にいっては、料理本片手にせっせと料理を作るようになった。料理さえ作っていれば、「その日何もしなかったわけではない」と思いこめたのだ。米をといだこともない私が、豚バラ肉と豚ロース肉の違いを知り、挽肉(ひきにく)には牛、豚、合い挽きと種類があることを知り、「灰汁(あく)」がなんであるのか知り、レシピ通りに作ればとりあえず料理ができあがることを驚嘆をもって知った。そうして料理をするようになると、この三つの鍋の必要性がわかってきた。

　大は小を兼ねるのはたしかで、大鍋で味噌汁が作れないわけではない。ただ、不便だ。カレーだってシチューだって、ひとりぶんならちいさい鍋で充分なのだが、なんだか大鍋で作るほうがおいしいように思う。二人ぶんくらいの野菜の煮物なら、隙間(すきま)のできる大鍋より、中鍋でことことやったほうが味がよくしみこむ。料理をするようになって一七年もたつと、「これ作ろう」と思ったときに、考えなくとも手が自然にそれに合う鍋を選んでいる。

　そうしてその二二年のうちに、私に鍋を送った母は、亡くなった。母がいなくなってみれば、返品した靴箱も掛け軸もなつかしく思い出され、そうしてただひとつの大正解、大中小の鍋の貴重さも強く実感してしまう。ひとり暮らしをはじめる娘に母親が大中小の鍋を送る短編小説を書いたこともあるくらいだ。

　そうして今年の春先。ついに、小の鍋がこわれた。ふたの取っ手がとれ、鍋の持ち手がとれたのである。あんまりにも当たり前に使ってきたので、こわれたときは心底びっくりした。鍋がこわれることがあるなんてと思った次には、でも、二二年だもんなあと納得もした。いや、料理をするようになってからを勘定すれば、一七年、ほとんど毎日のように使われ続けたのだから、よくもったものである。

しかし、あまりに使い馴染みすぎているこの鍋を捨てるに捨てられず、最初は接着剤でくっつけようとしていたのだが、どうもうまくいかない。くっついても、すぐ安定を欠いてぐらぐらする。こういう不便なものを、懐古趣味で捨てられないことを、そういえば母は貧乏くさいと毛嫌いしていたなあと思い出し、あるとき、思い切って処分した。

しかしながら大鍋と中鍋は健在。自分で買った、小鍋より小型のミルクパンもあるし、新しい小鍋を揃えなくても、今あるもので使いまわしていこうと思ったのだが、たぶんあのサイズにすっかり慣れてしまったのだろう、不便なことこの上ない。味噌汁とかスープ、ちょっとした煮物や茹でものに、中鍋では大きすぎ、ミルクパンではちいさすぎる。夏場、冷蔵庫にしまうにも中鍋はやっかい。そんな贅沢な。鍋なんて本当はひとつあればいいのだ、と自分に言い聞かせはするものの、前の小鍋サイズが恋しくてしかたがない。

それで、デパートに用事があるたびに上階の家庭雑貨売り場に赴き、鍋を見ている。

そうして鍋の種類の多さに、そのたびに怖じ気づいている。材質ひとつとってもアルミ、ステンレス、琺瑯、鉄、ガラスといろいろある。大きさもデザインもさまざま。もちろん、値段もさまざま。

こわれた鍋とおんなじサイズのものをひとつ買えばいいのだが、しかし、そうすると、残る大中鍋とデザインが異なり、なんかいやだ。かといって、家にある大中鍋と似たようなデザインのものがあるかといえば、ない。何しろ二二年前のものだから、デザインとしてはとうに古びているんだろう。

いっそのこと、新しく大中小鍋を揃えようか。まだ使える大中鍋だが、これらだっていつ寿命がくるかわからない。よしセットで買おうと新たな視点で鍋を吟味していくと、さらに迷う。セットで買うんならぜったいのぜったいに失敗したくない、この先一七年使い続けられるほど、使いやすいものでなきゃいやだ。そう思うから、なかなか手が出ないのである。

しかも、迷う理由に値段がある。

大中小、三つセットの鍋の値段はピンからキリまである。安いものは一万円以内で揃えられるし、高いものは五万円以上する。そうしてこの値段が、使いやすさの指標となっているとはかぎらないと、私は確信しているのだ。

母の買ってくれた大中小の鍋が、五万円以上もする高級鍋だとはとても思えないのである。二二年前ということをもってしても、なんだかチープなデザインだった。それでも充分使いやすく、手入れなんかびっくりするほどかんたんで、錆びたことも焦げが残ったこともなく、長持ちした。じゃあ、安ければいいのかといえば、それは大いに違うとも、思う。

　致命的なのは、ひとり暮らし一年目からずーっとおなじ鍋を持っていたせいで、世間の鍋相場を私がまったく知らないことである。デパートで毎回その種類の多さに放心するのは、鍋売り場慣れしていないからだ。

　新しい小鍋をさがしてもう半年もたってしまった。

　そうして、ちょっと心を動かされる鍋にこのほどようやく出合った。素材はステンレス、大中小のやっとこ鍋で、デザインもシンプル、三つの鍋に共用できるふた付き。しかもそれぞれの鍋はオーブン調理できるという。私の大中小鍋は、ふたがそれぞれついていて収納するのにかさばったし、当然ながらオーブンには使えなかった。

　うん、これならいい、これにしよう。

　と、決めたものの、じつは、まだ買っていない。

　真新しく、お洒落で、収納的にも用途的にも遥かに便利な大中小鍋がやってきて、私は果たして、未だ使える大中鍋を捨てることができるだろうか、とうっすら疑問に思っているからである。中鍋の取っ手もそろそろぐらついているものの、でもまだ、小鍋のようにはこわれていないのだ。でも、潔くそれらを捨てることができなかった場合、鍋が五つになってしまう！　と、そんなことばかり考えているから、まだ買えていないのだ。なんと往生際の悪い人間だろうかと、自分で思う。

そういえば、ずっと昔、テレビを見ていたら、だれだったか記憶にはないのだが、ある女優さんが、取っ手のない、かたちのゆがんだ片手鍋を使って料理をしていた。上京したときにはじめて自分で買った鍋で、もう三〇年以上使っているが捨てられないのだと話していた。見ていると、どうにも不便そうな鍋なのに、本人はまったく苦とせず布巾でつかんで料理をしていた。私はそれを見たときに、こんなふうに思い出に支配されるのはこわいなと、何かすさまじいものを見たような気がしたのだが、はて気がつけば、私が未だ鍋を買えない理由も、その人とおんなじである。私たちはかくも無意識的に、思い出や記憶に支配されてしまうらしい。物品がなくなっても、記憶や思い出が消えるわけではないと、知っているはずなのに。

よし。今週末はぜったいに鍋を買いにいくぞ。

せめぎ合い数値

　インターネットではじめて買い物をしたのは、たった数年前である。私がパソコンを使うようになったのがちょうど一〇年前の二〇〇一年なので、ずいぶん長いあいだ、ネットショッピングはしなかったことになる。

　ネットで買い物ができるとか、オークションとやらがあるとか、個人で売買できるとか、聞いてはいた。友人たちから便利だと聞いてもいた。でも、私は長らく、そこに手を出すべからずと、かたく心に誓っていた。

　コンピューターを使えるようになったといっても、なんとかキーボードが打てて、メールの送受信ができるだけ。不具合が起きたらもうどうしていいのかわからない。サポートセンターに電話をしても、どう不具合なのかの説明もよくできない。機械音痴であることを重々承知している私は、インターネットで買い物をするというシステムがまったくわからずに、こわかったのだ。よくわからないものに手を出してはいけない。それが小心者の私の心得である。

　ネットで最初に買ってみたのは、本だったと思う。資料として必要な本で、書店にも図書館にも見つからないのに、ネット書店にあった。それでおそるおそる、買ったのだ。買ってみれば、たしかに便利だ。それからぼつぼつと、本にかぎっては買うようになったが、あくまで、書店にも図書館にもない、もしくは見つけられないものだけだ。新刊本は、やっぱり実物を見て触ってめくってから買いたいのである。

本をそのように買ってみると、少し慣れて、ぜったい手を出すべからずと、かたく心に誓うほどおそろしい世界ではないらしいと知る。

次に買ったのは、食品。かねてから、お取り寄せと呼ばれるものに興味はあったが、こわくてこれもできなかったのだった。

最初に買ったのは、今でも覚えているが、羊肉である。私は羊肉が大好きなのだが、近隣の肉屋ではまず売っていない。スーパーでは薄く丸いオーストラリア産の冷凍ラム肉か、たれにつけこんであるジンギスカン用の羊肉しか売っていない。できれば国産の、分厚いラムチョップや、たれにつけていないロースやももやショルダーといった生肉は買えないものかと、つねづね思っていたのである。

検索すると、なんとたくさんのネットショップがあらわれることだろう。私は歓喜し、あるネットショップを選び、こわかったことも忘れてさっそく国産の生肉を買いこんだ。

肉が届き、食べて、感動した。くさみのないやわらかい国産の羊肉が、家にいながらにして、コンピューターの前から動かずして、買えるなんて！

だったらもう、なんだって買えるじゃないか。北海道のアスパラガスも蟹も、宮崎の鶏のもも焼きも、福井の焼き鯖寿司も、なんだって食べられちゃうじゃないか！

それってすごいことだ！　私はその感動と驚きを友人たちに伝えたのだが、みんなもうすでにごくふつうにネットショッピングをしているので、「ああ、そうだね」とまったくもって淡白な応えしか返ってこない。しかし数人の友人が、「ここの○○はおいしいよ」「ここはいいよ」と、ショップのサイトを教えてくれた。友人が教えてくれたところなら、こわくない。私は彼ら彼女たちに勧めてもらったサイトで、蟹を買いパスタを買い下着を買いキッチングッズを買った。「こわい」という気持ちはなんだろうと考えると、だまされるのがこわい、ということのようである。インターネットだから、実物を見ることができない。写真で見たらものすごく立派な椎茸なのに、実際に送られてきたのがしなしなのちっこい椎茸だったらどうしよう。ブランドの名前が書いてあるけれど、実際に送られてきたのが一文字違うバッタもんだったらどうしよう。

それから、クレジットカード番号を入力する際にもなんだかこわい。システムをよく理解していないゆえの不安であり恐怖である。もしかしてこのカード情報がどこかに漏れるのではないか、一万円払ったつもりが一〇万円払ったりしちゃうんじゃないかと、こわいのである。

おそるおそる本を買い、羊肉を買い、友人たちのお勧めサイトであれこれ買い、ネットショッピングというものに慣れ、私がこわがっていたような事態（偽物が送られてくるとか、カード情報が漏れるとか）はまずないと知ると、今度は、買いすぎちゃうんじゃないかという、あらたな恐怖がわいてくる。

ネットで何か買うことを「ポチる」というと友人に聞いたが、たしかに、ワンクリックで何かを買えてしまうというのは、実物を手にとって、値段を吟味して、うーんうーんうーん、と考えて、よし、と思いレジに持っていくのと比べると、たしかに軽く、その軽さがちょっとこわい。

が、今のところ、私は何も買いすぎていない。

たとえば、インターネットで買い物する際の私の上限は、たぶん五万円くらいだと思う。それがどんなに必要なものであっても、今週末、実際に店舗に出向いて買おうと思っていたものであっても。あるいは、実店舗の値段がネットショップより割高だとしても、きっと実店舗に出向いて買い物をするだろう。それ以上だと、ちょっと勇気が出ない。つまり五万円は私の小心値、ということだ。

もしかして、それは衝動買いできる値段といえるのかもしれない。それ以下なら衝動買いができるが、それ以上だと、激しく迷いつつもいったん帰り、購入の是非を迷う値段も、よくよく考えれば、きっとそのくらいだ。飛び降りるか否かの清水（きよみず）の舞台値。

それからネットでは決して買えないものも、私にはある。それは洋服。

私の女友だちの幾人かは、かなり初期から（私が本すらネットで買えないころから）、ごくふつうにネットショップで服を買っていた。日本のショップならわかるが、海外のショップからも買う。ここはお勧めだよ、といくつかサイトを教えてもらい、見にいって、「わー、これすてきー、ほしいー」と阿呆（あほう）のように口を開けて眺めつつ、結局買わないまま今に至る。友だちの着ている服を「わあ、これすごくかっこいい」と言い、「ネットで買ったのよ」と返され、ほう、と思うが、やっぱり買えないで今に至る。

私は衣類をデパートで買っているのだが、その際、丈詰めが必要なもの以外は試着をしない。ほしいと思ったのに、着てみて似合わず、「ほしいのに買えない」事態になるのがいやなのと、たいへんなせっかちなので、試着室で脱いだり着たりするのが面倒でしかたないのだ。結果、思ったより似合わない服というのも少なからずあるのだが、その服が好きだからという理由で、着ている。

試着しないのだから、ネットで服を買ってもいっこうにかまわないのである。ほとんどすべてのサイトで返品ができるのだし。

なのに、買えない。どうしても買えない。羊肉は買えて、蟹は買えて、靴は買えて、下着は買えるのに、服はだめだ。いったいどういう線引きなのだか、自分でもよくわからない。それなのに、件（くだん）の友人お勧めサイトにブックマークをつけておいて、休み時間にうっとり眺め、「これいいわァ、これほしいわァ」とぼうーっと思っているところがまた、我ながら謎である。買えないのに。

しかしながら、おそるおそる本を注文した当初に比べれば、格段にネットショッピングには慣れた。本は未だにまず書店にいくし、服は買えないのだが、買い物にいく時間がないときはネットスーパーも利用するようになったし、友人を招いて家で宴会をするときは、大量の肉を取り寄せるようにもなった。実物の商品を触れない、見られない状態での売買だから、もしかしたら以前の私がこわいと思っていたようなことは、あるのかもしれないが、私は今のところ、「うわー、失敗した」「だまされた」という思いをしたことがない。世界を秩序だたせているのはほんとうに人々の信頼だなあと考えたりもする。

この原稿を書きながら、そういえば、私がネットで買ったもので、いちばん高価なものはなんだろう？　と疑問がわいた。よーく思い出してみて、すぐ思いあたった。ＧＰＳ内蔵腕時計である。

ランニング時にはめる腕時計で、ＧＰＳによって正確な距離がはかれる、というシロモノ。今まで使っていたものが壊れたので、新しいものを早急に買いたかったのだが、スポーツショップにいく時間がなくて、インターネットで検索して、バージョンアップした新型を買ったのだった。これを買うときどきどきしたから覚えている。

その値段、四万四八二〇円＋送料。じつに五万円未満。

なんだか、パソコンと私のあいだにある、小心とか冒険とか信用とかのせめぎ合い数値を、まざまざと見せられた気分である。

チョコレート衝動

あまり好きでない言葉に「自分にご褒美(ほうび)」というものがある。がんばった自分に、ご褒美としてアクセサリーを買う。ブランドものを買う。いつもより高級なレストランで食事をする。エステサロンにいく。そんなような用途で、広告などによく使われているが、いってみればこのご褒美とは、言い訳である。ちょっと罪悪感のあることをする、その言い訳。その罪悪感というものを分析してみれば「もしかしてちょっと無駄遣いかもしれないが、でも、こんなにがんばったんだから、いいんだもん」というようなことだろうと思う。

私が気に入らないのは、自分で得たお金で無駄遣いをするのに、言い訳なんかいらないじゃないか、と思うせいだ。後悔したって、月末にお金がなくなったって、今それがほしいんだからそれでいいじゃないか。言い訳なんてする必要なし! それにくわえ、ご褒美のために仕事をしているのではない、というようなひねくれた気分のゆえである。

かといって、私がちょっと高価なもの、必要のとくにないものを買うときに、罪悪感をまるで感じないかといえばそんなことはなくて、じつはくよくよしている。「これ、やっぱり高すぎるんじゃないか」「なぜ今これを買わねばならないのか」「もっとほしいものがほかにあるんじゃないか」等々と、ぐるぐる考える。なかなか、清水の舞台からは飛び降りることができない。

だからこそ、そういうときにご褒美なんて言葉をぜったいに使わない。無駄遣いかもしれない、分不相応かもしれないお金を使うということを、自覚していたいのである。

そんな私であるが、あるものに関しては、無意識のうちにご褒美的感覚に陥って買ってしまうものが、ある。

それはチョコレート。

喫煙していたときは、甘いものにてんで関心がなかった。宝石みたいにきれいに箱におさまったチョコレートをもらっても、「ふうん」と思うだけだった。おいしい、おいしくない、ということも、よくわからなかった。口にした感想は「甘い」のみ。

煙草をやめてから、甘党になったわけではないのだが、チョコレートだけは食べたいと思うようになった。とくに仕事中。食べたい、と思ったらもう、猛烈に食べたい。食べないとこの気持ちはおさまらない。しかも、大量に食べたい。ひとつの箱に二〇個の個別包装をされたチョコレートが入っていたとしたら、一気に半分くらい食べたい。

今まで、私には間食の習慣がなかった。実家にいたころは、母親が何かしら用意してくれていたのでなんとなく食べていたが、ひとり暮らしをするようになって、用意するのが面倒、という理由だけでお八つは食べない。知らない町を散歩していて小腹が減って、とか、ちょうどお八つの時間に友だちがお菓子を持って遊びにきて、とか、そういう場合でなければ、ごはん以外のものをあまり食べなかった。

間食の習慣がないと、この猛烈なチョコレート衝動には猛烈な罪悪感が付随する。ひと箱の半分を一気に食べるなんて、許される行為なわけがないではないか。

このチョコ衝動とともにはじめて気づいたことだが、罪悪感というのは、反対側から眺めてみると、じつに優美な誘惑剤でもあるのだ。だめだ、そんなのだめだ、と思っていればいるほど、そちらにふらふらと引き寄せられるとき、不思議な快楽がある。禁断の恋が燃えさかるのと同じ原理であろう。大げさだが、基本的には同じはずだ。

かくして、私は毎日仕事中、ほとんど負け戦（いくさ）ながらチョコ衝動と闘い続けていた。しかも、私は昔からよく低血糖状態になる。すーっと血の気が引いて、脂汗が出、手がつめたくなってくる。こういうときは、甘い飲みものや飴（あめ）、チョコを食べるとたちどころになおるのである。三〇代の半ばごろは、その対策として、好きでもない飴やチョコレートをよく鞄（かばん）に入れていたくらいだ。こうなると、もう闘っている場合ではなく、摂取せねばならなくなる。

そんな折、アンチエイジングの専門家である医師と、対談をする機会があった。対談テーマは、四〇代からどのように筋肉を鍛えるか、筋肉の効用は、というものだったのだが、この対談のなかで、私は自身のチョコレート衝動について語った。私の仕事は平日の九時から五時、ずーっとパソコンの前に座っていて、動いていないのに食べたくなってチョコレートを食べてしまう、これはやっぱり体によくないですよねえ、というような質問をした。すると先生は、食べていいですよ、と言うではないか。書くということはそれだけ脳を使っているんだから、糖分が必要になるのは当然です、しかも体質的に低血糖になりやすいならば、それはもうしょうがないですね、と先生は真顔で言い、できるだけカカオ成分の高いチョコレートを選ぶといいですよ、とのアドバイスもくれた。

専門家の意見というのはたいへんに効果絶大。私は仕事場の冷蔵庫に堂々とチョコレートを常備するようになった。先生はそこまでは言っていないというのに、食べなくてはいけないのだというような気分。あの罪悪感も半減。半減すると、あの奇妙な誘惑も半減。かえってよかったのかもしれない。

ふだん常備してあるのは、コンビニエンスストアのチョコレートである。先生の助言に従って、カカオ成分が多めのものを売っていればそれにしているが、なければごくふつうのチョコレート。トリュフだったりクッキー生地が混ざっていたり、なかに栗クリームが入っていたり板チョコだったり、呆れるくらい多種類のチョコレートがあり、選ぶのも面倒なので目についたものを買っている。チョコレート歴の浅い私はこだわりなんてとくになく、チョコレートであればなんでもいいのである。

しかしながらここ最近、以前は「ふうん」だけだった高級チョコレートのおいしさもわかるようになってきた。いや、おいしさ、というよりも、箱を開けるときのよろこびのほうが勝っているかもしれない。箱を開け、薄紙をめくり、きらきらと並ぶチョコレート粒を見て「わあ、きれい、どれから食べよう」と、今さらながらわくわくと思うようになった。

人から箱入りチョコレートをもらうと、ほかの菓子よりだんぜんうれしい。冷蔵庫に、コンビニエンスストアのチョコレートではない、かわいかったりうつくしかったりするチョコレートの箱が入っていると思うと、それだけでなんだかうれしくなる。が、残念ながら、チョコレートはそうそうもらうようなものでもない。冷蔵庫に毎日入っているようなものではないのである。じゃあ、自分で買えるか。これが、チョコレート衝動と折り合いをつけた私の、新たなチョコレート問題である。

バレンタインデーが近づくと、デパートには各国のチョコレート店が出店し、びっくりするほどの混雑なのだが、それを眺めて歩くのも好きになった。しかし私の夫は以前の私と同じく甘いものにまるで関心がなく、バレンタインデーにはチョコレート以外のもの（甘くないもの）がほしいと思う。まったくつまらない。昨年など、私は自分が食べるためだけに箱入り高級チョコレートを買い、夫に渡し、渡したあとに取り上げてぜんぶ自分で食べた。

しかしそんな狼藉も、バレンタインデーだからできるというものだ。「だれかに贈る」と思うから、三〇〇〇円、五〇〇〇円のチョコレートが買える。のちに、ぜんぶ自分で食べてしまうのだとしても、建前としては「バレンタインというとくべつな日に、夫に贈る」のであるから、買えるのである。

なんでもない日に、ぜんぶ自分で食べるために、三〇〇〇円、五〇〇〇円のチョコが買えるか、といったら、それは躊躇する。もちろん、躊躇しない人もいるだろうけれど、私は、する。

さてここで、出てくるのが、私の好きではない例の言葉である。

ご褒美。

思ってしまいそうになる。「脳を使っているから糖分は必要。しかも低血糖を起こしながらがんばって仕事をしている。何十万円のバッグじゃあるまいし、三〇〇〇円くらいのチョコレート、ご褒美として安いものではないか」、そこまで考え、はっとする。褒美のために仕事をしているのではないと、えらそうに言っていたではないか！　言い訳などするものかと潔く言っていたではないか！　今すぐ高級チョコレートを買いにいって、むさぼり食ってもだれも怒るまい。

そんなわけで、私は意を決し、友だちに贈るのでなければ買ったことのないブランドチョコレート店に赴いて、自分用に三一五〇円のチョコレートを買った。一二粒入り。買うにもずいぶんな勇気が必要となった。ちょうどハロウィン前の時期で、それ用にデコレートされた箱入りチョコレートがたくさんあった。ご褒美という言葉を避けたい私は、「ハロウィン特製だ、期間限定だ、これは買っておかなくては」と、べつの言い訳を用意しなければならなかった。

そうして大事に持ち帰ってきた高級チョコレートを、仕事中、大事に、大事に、いっぺんになくならないように食べているわけだが、はたと、これはかえってダイエットにはいいのではないかと気づいた。名づけて「高級チョコレートダイエット」。ふだんはぜったいに買わない値段のチョコレートを買っておいて、ちびちび、ちびちび、食べる。カロリー摂取がおさえられて、効果的ではないかと思うが、どうだろう。

この葛藤(かっとう)、チョコレートに関心のない人には、まったくもって意味不明なんだろうなあ。

絵と値段

　イラストレーターの友人が個展をやるというので、二日目に見にいった。ふだん、友人とは飲んでくっちゃべってばかりいるので、彼女がものすごく才能あふれる人であることを、いや、そもそも職業がイラストレーターであることも忘れているわけで、だから、個展会場に足を踏み入れ「ひえー、申し訳ございませんでした」と平謝りしたくなった。本当にすばらしい絵ばかり。どうしたらこんなふうに自由自在に描けるのか。

　たましいを抜かれたように絵を見ていくうち、どうしても彼女の作品がほしくなった。友だちだから、とか、そういったことはいっさい関係ない。この、キュートでポップで、でもどこか毒を含んだような絵がうちの壁にあったらたのしいだろうな、いやいや、この絵がない壁なんてひどくさみしいな、というような気持ちになったのだった。

　ほしい絵は、じつは最初にギャラリーに入った瞬間に、決まっていた。会場を一巡してゆっくり絵を眺めたあと、その場でふりかえってほしい絵を眺める。

うーん、近くで見ても、こうして離れて見ても、やっぱりすてき。

近づいて値段をたしかめると、ずいぶん大きな絵なのに五万円を切っている。これは私でも買える！　と思ったとたん、気づいてしまった。値段のわきに、赤いちいさな丸シールが貼ってあることに。おそらくこれは、売約済みのしるしだろう。ぐるり会場を見渡してみると、やはり、ところどころ赤い丸シールがある。

それにしても二日目である。こんなにたくさんの絵が売れてしまうなんて！

彼女の絵が売れていることへの驚きではもちろんなくて、こんなにも多くの人が絵を買っている、そのことに驚いたのだ。

私たち日本人は、美術館にいくのが大好きで、有名な展覧会だと、ほんとうに絵が見えるかどうかというくらい混み合っているのが常だが、絵を買うという習慣、もしくは趣味をもっていない、と日本画家の友人に聞いたことがある。バブル期には、企業が何十億円も出して有名な作品を競り落としていたが、それも美術品を所有するというよりも、資産として得ておくような印象があった。まして、値段はどうあれ個人で美術品を買い、それを眺めてたのしむ、というような趣味は、たとえば旅行やスポーツ観戦なんかと比べれば、あまり一般的ではない。

これは美術眼の有無の問題ではなくて、定価のなさにたいする戸惑いなのではないかと私は推測する。

私たちの国ではたいていのものに定価がある。もちろんまけてもらえるものもあるし、セールもバーゲンもあるが、もともと値段のないものに、こちら側で値をつける、ということに慣れていないのではなかろうか。

しかしこうも値段がハッキリしている国というのは、めずらしいと私は思っている。多くの国では、ものに値段がついておらず、「いくら」「二〇〇〇円」「うっそーありえん」「じゃ五〇〇円」「どう見たって三〇〇円じゃん」「しょうがないなー、じゃ四〇〇円で」「三五〇円までしか出せないね」「そんならもういいよ、それで。持ってけドロボー」のように、値段は決まっていく。そういうことが普通の場所を幾度旅しても、そのシステムに慣れず、自分だけがものすごく損をしているように感じ、ああもう面倒くさいと思う。

旅行者を観察していると、日本人は真っ二つに分かれるようである。値切って値切ってとことん安くして買う人と、言い値でぽんと買ってしまう人と。後者が意外に多い。若いころは、「ああいう人がいるから値段がどんどんつり上がり、日本人は高いお金を要求されるんだ」と憤慨していたけれど、その憤慨はどっちかというと、羨望だったのかもしれない。貧乏旅行者には言い値で買うなんてぜったいにできず、面倒だ面倒だと思いながら値切っていたから。とはいえ、日本人がふっかけられる値段がほかの国の人たちより高いというのは、各国で事実ではある。

すべて定価の国で暮らしていると、「これにならいくら払ってもいい」とか「そんなに払うくらいだったらいらん」というような、自分で決める感覚がなくなる。私自身は、そんな感覚なくてけっこう、と思っている。自分で値段を決めたり、自分で納得する値段に引き下げたり、買ってから「だまされた」と思ったりするのなんて、旅行だからまだできるものの、日常だったら疲れてしかたない。

定価があるということは、値段的価値がはっきりしているということでもある。一〇〇グラム一二〇円と明記されている牛肉と、一〇〇グラム五〇〇〇円の牛肉があれば、当然ながら五〇〇〇円のほうが「いい」肉と私たちは判断する。値段というものを、私たちは信じている。安いものには安い理由があり、高いものには高い理由があるはずだ、と。

私はまったくのブランド音痴で宝石音痴なのだが、ブランド品やアクセサリーを見せられて、その値段が高ければ本物なのだろうと思うし、安ければバッタものなのだろうと単純に判断する。高い定価で買えば、偽物をつかまされることはないのだろうと、無邪気に信じている。

有名人に、高価なものと安価なものとを隠して味わわせたり見せたり聞かせたりし、どっちがどっちかあてさせる、というような内容のテレビ番組を見たことがあるが、そういうことがおもしろいゲームとして成立するのは、定価の国だからじゃないかと私は思ったりもする。値段的価値は、ときに個人的嗜好に勝る。安物のワインを、一〇万円のワインよりおいしいと思っても、じゃあ選ぶかといったら、もちろんそうはならない。そして安物ワインをおいしいと言うことは、なんとなく恥ずかしい。

　専門の知識を持っているわけではない場合、美術品や骨董品を買うのは、だからたいへんむずかしいと思う。コレクターでない人が、絵画や焼物を見て、強烈にほしいと思うとき、その価値をほしいというのとは違って、もっと子どもみたいな気持ちだと思う。なんだかわからないけれど、近くにあってほしい、毎日見たい、毎日触りたい、ほかの人のところにいってほしくない、というような。その、ほしいと思ったものの値段を、こわごわ見る。「これなら買える」範囲内ならほっとし、「これはまず無理」だとがっかりする。私が実際そういうふうなのだが、かような人は案外多いのではないかしらん。

　件の、友人の絵に戻ると、五万円以下のそれは私には手の届く範囲だったのだ。だからもちろんほっとしたわけだが、しかしすでに売約済み。そうすると俄然ほかの絵がほしくなってくる。赤い丸シールのついていない絵をあらためて見て、べつのほしい一枚をさがしだし、買った。

「それにしてもずいぶん売れているんだねえ」と友だちに言うと、

「値段がちょうどいいんだと思う」とのこと。やはり、みんな私のように「うわー、ほしい、でもいくら？」という心持ちで値段を確認し、ほっとしたのに違いない。

　個展が終わり、家に梱包された絵が届いた。箱を開け、気泡入り緩衝材をほどくとき、衣類やアクセサリーを買ってきたときとは異なるわくわく感がある。もしかして、たくさんの絵のなかにあったから、あるいは広々とした空間にあったからすてきさが際だったのであって、ギャラリーより狭く天井の低いこの部屋に合わなかったらどうしよう？という不安もある。そうして絵が出てきたとき、「ああ、これこれ！」という、友だちに再会したような安堵。

　私は絵を持って家じゅうを歩き、廊下や寝室や、玄関やリビングにそれをかざして、どこに飾るのがいちばんいいか考えに考えて決められず、すでにかかっている絵をはずしてそこにもかけてみたりもし、それでもやっぱり迷い、帰宅した夫とともにまた絵をかざして歩き、ダイニングルームの壁に飾ることにようやく決めた。

　たった一枚の絵。なのに部屋の表情ががらりとかわる。しばらくは見慣れなくて、視界の隅を絵がかすめたとき「なんだっけ」と、よくよく壁を見る。ああ絵をかけたんだと思って、またしてもわくわくとうれしい。

　私は彼女の個展の、たくさんの売約済みシールを思い出し、なんとなくたのもしい気持ちになる。実用品ではないものを子どものような気持ちでほしいと思い、それが手の届く値段で、ほっとし、手に入れる。こういうことをしていくうちに、ブランドもののバッグも時計も美術品も骨董も、値段のついたものもついていないものも、値段の予測ができるものもできないものも、ごちゃっといっしょくたになったところで、私たちは本当に自分に必要なもの、ほしいもの、それがあれば生き生きとできるものを、手に入れていくことができるのではないかと考えたのだ。

じつのところ、私には「これはまず無理」の体験もある。ある展覧会で心惹かれた一枚の絵があり、それは日本画だったのだが、見れば見るほど気持ちがしゃんと引き締まり、いいな、ほしいな、と思ってそうっと値段を確認したら、三〇万円を超えていた。「あ、無理」、即座に思った。美術品にそれほどの高額を出すことは、まだ私にはできない。これは金銭的余裕とは、またべつ次元の問題だ。財布に一〇〇万円入っていたとしても、私にはきっと「無理」だったろう。もしかして時計なら、もしかしてバッグなら、もしかしてダイニングテーブルなら、出せるかもしれないが、絵はやっぱり躊躇するし、躊躇ののち、買えないのだ。毎日見て、わくわくしたり、気持ちが引き締まったり、落ち着いたりするのならば、時計やテーブルと効果としてはおんなじなのだけれど。

いつか買えるときがくるのかな、という気持ちは、そのくらいお金持ちになれるかな、というよりもやっぱり、そのくらい自分の目を信じられるかな、ということなのである。

「すてきな女性像」を買う

私がもっとも買う頻度の低いものに、化粧品がある。

基礎化粧品は、買う。洗顔石鹸（せっけん）、化粧水、保湿クリーム、などである。ふつうに使っていれば一ヵ月で終わるので、一ヵ月ごと、決まったブランドの決まったシリーズのものを買っている。これはもう事務的な買い物で、トイレットペーパーが切れたから買い足すのと似ていて、買うときにちっともわくわくしない。必要だから買っているにすぎない。

基礎化粧品のブランドを決めていない人は、たぶん、買うときもっとうきうきするんじゃないかと思う。今まで使っていたものより、劇的に合ってしまうかも。肌がきれいになってしまうかも。そんなふうに思うんじゃないか。私の場合、ずっと同じブランドで、だから信頼はあるものの、そんなふうなときめきが、ないのである。

化粧品は、このブランドでも扱っているが、使っていない。理由は、肌に合うとか発色がどう、といった問題ではなく、単にときめきがほしいからだ。事務的に毎月いっている店で、事務的な買い物といっしょにしてしまいたくないからだ。

私は化粧品に疎い。デパートの化粧品売り場には、それはそれはたくさんの化粧品ブランドがテナントを連ねていて、それぞれ、内装もスタッフの衣装も、個性的だ。白で統一されたテナントも、モノトーンのテナントもある。スタッフの化粧もナチュラルだったり濃かったりモード系だったり、それぞれに違う。違うが、私にはその化粧品の特性がわからない。どの店で買えばいいのか、まるでわからないのである。

だから、勘に頼ることになる。「なんとなく、ここにしてみよう」と思ってテナントに入り、ファンデーションだの、アイシャドウだの、グロスだのを、選ぶ。スタッフの人が試し化粧をしてくれることもある。テナント内の椅子に座って、ケープをかけられ、前髪をピンで留められ、化粧をしてもらうのであるが、いかんせんフロアを区切ったテナントなので、買い物客の目にさらされることになる。しかしそんなこともどうでもよくなるくらい、わくわくする。

勧められた化粧品を買うときもわくわくは持続し、それらの入った紙袋を持って帰るときもわくわくは持続する。

なぜ化粧品でこんなにわくわくするかといえば、化粧慣れしていないからだ。

高校を卒業したとき、母親の知り合いで化粧品会社に勤める若いおねえさんが、わざわざ家にきて、化粧のしかたを教えてくれた。が、その後二〇年近く私は化粧をしなかった。もちろんした日もある。しかしながら、友だちの結婚式とか、授賞式とか、数えるくらいだ。

人に会うときにはきちんと化粧をしようと私が決めたのは、三六歳のとき。何かの話のときに親しい友だちが、「三〇歳を過ぎて化粧をしていない女の人は、何かポリシーがあるのだと思われる」と言った。是や非の話ではなく、単なる印象を、友人は語ったのである。その言葉に私はじつに深く納得した。おんなじことを、携帯電話でいやというほど実感していたときだった。

携帯電話を持っていないと「何かとくべつな考えがあってそうしている」と思われるようになったのが、ちょうど二〇〇〇年を過ぎたあたり。とくべつな考え、というのはイコール、携帯電話やそれを用いるコミュニケーションへのアンチ的意見、である。私はそう思われたり訊かれたりすることが面倒になって、携帯電話を買ったのだった。だって、なんの意見もないのだもの。

化粧にしても、また然りだなあとしみじみ思った。携帯電話と違って、しない理由をだれも面と向かって私には訊かなかったが、それでも、私はよくごりごりのフェミニズム思想の持ち主と思われることがあったから、化粧を否定しているとみんな内々で思っていたのかと、このとき思いあたった。こちらも、なんの意見もなく、ただ面倒なだけだったのだが。

それであわてて（勘でブランドを選んで）化粧品を買い揃え、化粧を心がけたのだが、初心者は下手というのが定説。私は化粧が下手だった。へんに顔がてかてかしたりぎらぎらしたり、オカメのようになったりオカメインコのようになったりする。「それ、昼に出かける顔ではない」と友人に指摘されたこともある。仕事でヘアメイクの人がついたとき、「どうすれば化粧はうまくなりますか」と相談したくらいだ。そのときのヘアメイクさんの答えは「慣れですよ」。そうか、慣れかと、糞まじめな私は慣れるべく、人に会わないときも都心に出向くときは化粧をするようになった。

　今現在、化粧歴はまだ一〇年にも満たない。まだまだ浅い。料理本に頼らず料理を作れるようになったのは、料理をするようになってから一二年目くらいである。七年なんて、まだ初心者の域。

　それでも最初のころよりは、素っ頓狂な化粧をしなくなったと思う。上達したというよりは、最低限何をすればいいのか、（慣れで）わかったのだ。ファンデーションを塗り、最低限のアイシャドウを入れ、口紅（またはリップクリーム）を塗り、お粉をわーっとはたけば、それでいいのだ。肌が何倍もきれいに見えたり、目が大きくなったり、色っぽい顔立ちになったり、七難隠したりはしないが、その最低限だけで、「とりあえず化粧はしている」感は、出る。

　しかしふだんは化粧しない。私は月曜から金曜の九時から五時まで仕事場に出勤しているのだが、人に会う予定がないときは、化粧なんてしない。朝、朝ごはんを作って弁当を作って新聞を読んで朝ごはんを食べて八時前後に家を出る、そのあわただしい時間に、とてもじゃないが化粧なんてできないのだ。だれに会うわけでもない、ひとり、もそもそとパソコンのキーボードを打ち続けるだけなのだから、それでちっともかまわない。

これがふだんだと、ふだん以外のとき、「とりあえず化粧」すらも忘れることが、よくある。いちばんよくある失敗に、化粧の時間を計算に入れない、というのがある。一六時に都心の打ち合わせで、一五時に仕事場を出ねばならないとき。私は時間の逆算をし、一五時一五分前にこれとこれの仕事を終えて、残り時間でメールを送ってコーヒーカップを洗って、よし、一五時ジャストに出よう、と決めるのだが、そこに化粧時間が含まれていないことに間際まで気づかない。一五時一五分前になって「わー、化粧化粧化粧化粧」と気づいてあわてふためき、コーヒーカップを洗うのをあきらめ、捻出した五分でとりあえず化粧をする。その五分すらとれなかったときは、素顔で出かける。

こんなていたらくだと、化粧品を買う機会はめったになくなる。

毎日つけるわけでもないファンデーションは、私の場合、使い切るのに一年半くらいかかる。この七年で、四個くらいしか買っていない計算になる。はじめて使い切ったときは、富士山頂に登って下りてきたときの「できっこないと思っていたけれど、私はやった！　やったぞ！」というような気持ちになった。

しかし気に入った製品ができると、とたんに困った事態になる。一年半後に同じものを買いにいっても、もう生産ストップしていたりするのである。

私は三年ほど前からあるブランドのファンデーションが気に入って、そこのものを買っているのだが、先だっていったら、以前使っていたのと同じスティックタイプのファンデーションはもうなくなっていた。かわりに買ったチューブタイプのファンデーションは、あと八カ月くらいもちそうだが、八カ月後にはきっとこれもなくなっているだろう。

ファンデーションはまだいい。一年半かかるとしても、なくなるのだから。なくならないのが、アイシャドウとチーク。そもそもアイシャドウを塗る部位は、まぶたのほんの数ミリ。いくらちいさな容器に入っていたとしても、そうそうなくなるものではない。まして化粧する日が週に三回、うち二回はアイシャドウなしのとりあえず化粧、なんてことになると、まったく減らない。アイシャドウはいろんな色があり、いろんな組み合わせがあるから、ファンデーションを買うときよりよほどわくわくするのだが、買ったら最後、ずっとある。ずーっとある。七年前に買ったアイシャドウがまだたっぷり残っているが、「さすがに成分が古びているだろう」という理由で、このあいだ捨てた。それでも、五年前に買ったものが、三年前にもらったものが、まだ、まだ、ある。

いったい、定期的にアイシャドウを使い切り、買い足す人は、ヘアメイク業の人以外にいるのだろうか？

マスカラも買ってみたくて買ったのだが、あまりに使わないため中身がかたまってきてしまい、もう使わなくなってしまった。

ああ、こんなふうでいいのだろうか、と不安になりつつも、ここで私はあることに気づく。化粧を滅多にせず、化粧品を買いにいくことが稀だから、化粧品売り場にいくととんでもなくわくわくできるのだ。これが、もっと頻繁に化粧をし、日常的に化粧品を買い足すようになったら、基礎化粧品と同じく、それは事務的作業になって、買い物にときめかなくなるはずだ。

化粧品を買うときは、自分がなんだかちゃんとした女性になれるような気がする。きっと私は化粧が格段にうまくなり、化粧の似合う顔になり、毎日化粧をせずにはいられなくなり、「わー化粧化粧化粧」なんて五分でなんとかすることもなくなり、きちんとした顔ですごく優雅に暮らしていけるはずだという、図々しくも大それた妄想を、買っているようなものである。これもまた、「そんなことあるはずがない」と未だ思い知っていない初心者ならではの夢想なのだろうと思う。

その夢想を抱き続け、買い物にわくわくし続けるには、やっぱり化粧に疎いまま「ああ、こんなふう」のままでいるのがヨシ、というわけなのだ。

あとがき

『ザ・ゴールド』という雑誌で連載していたエッセイを、一冊にまとめることになった。連載前半では旅について書き、後半では買い物について書いたので、この奇妙な組み合わせエッセイになった。

旅と買い物。一見まったく共通点がなさそうだけれど、じつは多くかかわりあっていると私は思っている。

ひとつ、大きな共通項に、若き日のやりかたが、その後に深く影響する、というところがある。

私は二〇代から三〇代の半ばまで貧乏旅行を続けていた。バックパックを背負って、きれいとは言いがたいかっこうで、安宿をさがし、一日の終わりにベッドの上で残金を数えるような旅だった。

そういうことをたのしめるのは若いときだけで、加齢するにつれだんだんしんどくなってくる。長距離バスの移動はつらい、安宿の硬いベッドはつらい。言われた値段を値切るので一時間つぶすのも、つらい。そうして若いときよりも、経済的な余裕もできるわけで、きゅうきゅうの節約旅行をしなくてもよくなる。シーツもブランケットもタオルも、星までついているホテルに泊まり、ときにはタクシーに乗り、バスでまる一日かかる移動は飛行機にする。三〇代の半ば過ぎから、そういう旅をするようになった。けれども、若き日の旅癖がどうも抜けない。タクシーの料金を誤魔化されたりしないか、つねに気を張っている。食事はレストランではなく食堂にいってしまう。屋台があれば屋台に向かう。みやげものをつい値切ってしまう。飛行機の移動を、どこかもの足りなく感じている。

全体的に、みみっちい旅しかできない。そのことについて、私はもうあきらめている。高級リゾートホテルでエステ三昧の旅とか、深く文化や歴史を追究する旅などは、きっとこの先もできないだろう。

買い物も然り、である。お金の管理をしっかりできない。そしてアンバランス。本やCDには糸目をつけないくせに、筍水煮の値段が高いと怒ったりする。痛い目に遭っても反省してもセール時にはわくわくとし、何かあたらしくはじめるとまず「道具」と思う。無駄遣いはめったにしないが、計画性を持つということがお金にかんしてはまるでできない。働くようになってから、いちばん出費が多いのは、一貫して飲み代。どんなに貧していても、飲み代はけちらない。

これもまた、買い物癖、お金癖として身についてしまっていて、旅と同じく変わる気がしない。

そう思うと、旅と買い物、どちらとの関わりかたも私の場合はよく似ている。節約もできないかわりに、贅沢もできないようになっている。旅のしかたも、買い物のしかたも、アンバランスで、知的でもなく、あんまりかっこよくないのである。それをもって分相応というのだろうけれど、それはなんだか、元来持っていた素質というよりは、若いときの旅や買い物が作り上げた「分」に思えてしかたない。

旅とお金というものが、そもそもがっちり結びついている。その地でお金を遣わないと、その国のありようを学び損ねる、と私は思っている。

お金を遣わない旅なんてなさそうだけれど、ある。たとえば食事も含めスケジュールが決まっているツアー旅行。日本円で先に払っているわけだけれど、その地で、おみやげ以外お金を遣うことは極端に少なくなる。私の場合は仕事の旅行のとき、ごく稀にそういうことがある。一日のスケジュールがびっちり組まれていて、自由時間が極端に少なく、食事も決まったところでみんなと食べる。財布を開けることがまったくないわけではないが、やはり、少なくなる。そうすると、その場所はいつまでもよそよそしい。

お茶一杯、食事一回の相場がわかり、高い、安いとわかるようになってようやく、私は旅行者としてその地に足を踏み下ろした気持ちになる。

先だって、かなり久しぶりの休暇がとれて、イスタンブールにいった。旅先で、まず感覚的に理解するのは飲食物の相場値段だと思う。とくに、日常的な飲みものがわかりやすい。トルコはチャイの国である。インドはミルク入り紅茶だが、トルコはストレートの紅茶に砂糖を好みで入れる。瓢簞（ひょうたん）みたいなかたちの小ぶりのグラスで出てくることが多い。

町を歩いていると、チャイを飲むことが断然多くなる。コーヒーやビールより安いし、どこにでもチャイを出す店はある。値段の相場が、ほかのものより早くわかる。観光地のチャイは二リラ。グラスが大ぶりだと四リラ。ふつうはもっと安い。郊外の食堂では〇・五リラ。だんだん、値段を告げられる前からわかってくる。「あ、なんかお茶菓子つけてきた。これは五リラ取るな」とか、安いチャイのほうが濃くておいしい、とか、ああ、この店のチャイは確実にうまくて安いだろう、とか。ビールよりも地酒よりも安いチャイの値段を、これは高いとか安いとか感覚的に思うようになると、旅はすでに旅然としている。

そのチャイの値段が、ほかのものの値段を理解するときの基準に、じつはなっていたりする。チャイが一杯一リラ（当時約五〇円）の町で、四〇リラの食事は高級料理か否か、一〇〇リラのジュエリーは信頼に足るか否か。等々。

歩き疲れるとチャイ、寒いとチャイ、という具合に、あちこちの値段の違う店で休むことになるわけだが、ずっと後になって思い出すのはこういうところからだ。そのお茶屋、その場にいた人たち、お店の人たち、彼らと交わした言葉、店の光景、店から見える往来の光景、天候、次々と五感が思い出していく。あの店は高かったなとか、意外に安かったなとか、具体的な値段自体は忘れても、そのとき感じた気分は思い出せる。

モロッコはミントティが日常的な飲みもので、いってみればトルコでのチャイ的役割だった。どこにでもある。ほかの飲みものより安い。高い、安い、おいしい、そうでもない、お洒落、素朴といろいろある。一ヵ月旅した彼の地の思い出は多々あれど、一杯のミントティから光景が立ち上がり、際限なく広がることも多い。値段はいっさい忘れているが。

少年の心で、大人の財布で旅をしなさいと書いたのは開高健だ。それを読んだころの私はまだ貧乏旅行の身の上で、いつかもっと年齢を重ねたら大人の財布を持とうと思っていた。それからもう何年もたち、若いときにはなかった余裕は持ちつつあるが、財布自体はまだ子どものままであるような気がする。子どもの心で、子どもの財布での旅しか、私はずっとできないのかもしれない。それが、私の作り上げてきた私に相応な「分」なのだろう。

最近、そういうことがだんだん受け入れられるようになってきた。開きなおりではない。あんまりかっこよくない自分を、許すことができるようになってきた。もっと年齢を重ねても、私自身がかっこいい私やスマートな私になるわけではないと思い知ったのである。年齢を重ねて、自分に見合った旅をして、自分に見合った買い物をして、そうしてただひたすらに、「分」、つまり強固な私になっていくだけだ。

〈文庫書き下ろしエッセイ〉

二〇一六年未来の旅

年齢とともに変えざるを得なくなるものが多くある。変えたくなくても変わってしまうこともあるし、進んで自分から変えることもある。

そうした変化を私がもっともおそれていたのは、旅においてである。二〇代のころ、いったいいつまでこんな旅を続けられるんだろうなあと思っていた。こんな旅、というのは、一カ月ほど、なんの予定も決めず、長距離バスで移動して安宿に泊まる旅である。私はそういう旅に馴染(なじ)んでいたし、その方法が好きだった。ずーっとこういう旅を続けたいと思っていた。

ところがあるとき、馴染んだその旅の仕方が急激におもしろくなくなった。しかも体力的につらいと思うようになった。変化をおそれていたのに、みずから進んで旅の仕方を変えた。期間を半分くらいに短くし、安宿から中級ホテルへ、長距離バスから飛行機へ。三〇代の半ば過ぎだ。

そうして三〇代の終わりに猛然と忙しくなって、旅に出ることがむずかしくなってしまった。二週間の休みをとることが、物理的に不可能なのである。個人的な休暇は諦めて、旅の仕事があれば引き受けるようになった。仕事の合間の自由時間に、知らない町をひとり歩いて疑似旅を味わう。そうしながら、ずいぶんと味気ないなあと思っていた。仕事があることはありがたい、でも、こんなふうな疑似旅しかできなくなるとは、二〇代の私はまったく想像していなかった。

この二、三年で、ようやく休暇をとることができるようになった。とはいえ、せいぜい五、六日のまとまった休みがとれるというだけ。でも、それだけ休みがあるなら旅をしたい。仕事と関係のない、気ままな旅がしたい。

しかし一週間未満となるといき先も限られる。いき先選びのポイントが、「いったことのない場所」「いきたい場所」ではなく、「往復にさほど時間をとられない場所」となる。

かつて私の旅のモットーは、知らないところにいく、というものだった。再訪したい国や町があっても、まだいったことのないところを優先する。けれど一週間未満の旅しかできない今、いき先を考えているとどうしてもかつて旅したアジア圏が多くなってしまう。そんなわけで十数年前に旅した地を、このところ続けざまに訪れている。

最近ではミャンマーだ。ミャンマーは一九九九年に旅している。いっぺんで魅了されたが、当時の私のモットーに照らし合わせて、もう二度とここを旅することはないだろうと、あるせつなさとともに思っていた。まさか、二〇年近くたってから再訪できるとは思わなかった。

かつて旅した場所をふたたび訪れる、というのは、想像していたよりなかなかおもしろいし、興奮的な旅だと知った。町や人の変化が直接的にわかる。同時に、変化しない本質的なものも感覚でわかる。過去とはまったく違う町のように感じられても、ときおりふっと、過去が二重写しになることがある。そのとき、たじろぐくらいなつかしさを覚える。この「なつかしい」という感情は、私が旅で味わうはじめてのものだった。

その地を旅していた若き日の自分が、ちらりと垣間見えることにも驚いた。なんて暇で、なんてこわいもの知らずで、なんて自由だったんだろうと思わずにいられない。そう気づくと、ちょっとした喪失感を覚えるが、その喪失感のなかで、いや、あんな旅は二度とごめんだという気持ちもある。旅の変化を私はずっとおそれていたけれど、もし変化しなかったら、それはそれでつらいことだったろうとも思うのだ。

年齢的なこととともうひとつ、旅のありようを大きく変えたものにインターネットがあるように思う。これは私だけでなく、世界的に旅の仕方とか、旅の概念を変えたんじゃないか。

私がはじめて旅でパソコンを使ったのは、二〇〇一年のモロッコだ。それまでは、旅のさなかに日本と連絡を取らなければならない場合、電話とファクスしか方法がなかった。原稿を送らなければならないとか、その原稿についてやりとりしなければならないとか、どうしても日本に連絡をとらねばならないときは、町にある電話屋さんに赴いた。電話屋さんというのは屋内外の店頭にずらりと電話を並べた店で、国際電話も国内電話も、ファクスの送受信も請け負ってくれる。けれども面倒だし価格も高いし、「どうしても」の度合いをかなり狭めていた。

モロッコを旅していた最初の二週間ほどは、電話屋さんにいっていた。けれど旅の後半、インターネットカフェなるものがあるとわかって、いってみたのだ。機械音痴の私がどのように操作できたのかまったく覚えていないが、友人にメールを書くことができた。カナ入力ができず、詩人の秘密日記みたいにローマ字でメールを書き綴(つづ)った。次の日もネットカフェにいってメールを開き、返事がきていたのがものすごくうれしかった。そのことに感動して、私はインターネットカフェを見つけるたび入店するようになったほどだ。

ここで、もう旅は様子を変えはじめていたのだろう。よほどのことがなければ仕事相手や友人と連絡を取らなかったのが、まるで家にいるかのようにかんたんにやりとりできてしまうと、やりとりせずにはいられなくなる。もちろんこのときは、これで旅が変わってしまうなどという実感はなかった。

その後、私は旅にノート型パソコンを持っていくようになった。旅の前にはほとんどの仕事を前倒しで終わらせていくけれど、どうしても終わらなかったものは、旅の途中に書いてメールで送った。今までかなり逼迫した「どうしても」でなければ連絡しなかった友人や恋人ともメールを送りあった。それでも、インターネットのつながらない地域のほうが多かったし、私が使うのもメール機能だけだった。当時、国内では携帯電話はすでに使っていたけれど、私の持っていた機種は海外では通用しないので、どうしても携帯が必要な場合はレンタルしていた。レンタルしたものの、そもそも機械に疎いからうまく使いこなせず、あまり使用頻度は高くなかった。

三〇代の後半、二〇〇六、七年くらいに、海外でも通用する携帯電話に変えて、それを旅に持っていくようになった。どういうわけだか、はじめて自分の携帯電話を持っていった旅のことを覚えていない。本書に出てくるエジプト旅行ではすでにごくふつうに携帯電話を使ってメールを送り、調べものをしていた。気がつけば、携帯電話がつながらない地域なんてほとんどなくなって、Wi-Fiも普及している。

携帯電話が小説を変えた、と一時期言われたことがある。とくに恋愛小説だ。連絡が取り合えないからすれ違い、すれ違うから恋愛がドラマチックになる。待ち合わせたのに会えない、今相手が何をしているかわからない、家に電話をすると親が出る、長電話は怒られる、指が勝手に好きな人の電話番号を覚えてしまう、等々、それまでごくふつうにあった問題が、携帯電話の登場で一気に解決してしまった。携帯電話が変えたのは、きっと小説だけではなく、流行歌や漫画や、映画や演劇、さらにもっと多岐にわたると思う。そして、旅もだ。

携帯電話に内蔵されている地図アプリを旅先で開くと、自分の今いる町の地図があらわれると知ったときは、本当に驚いた。今までさんざん旅先で迷い、迷うことで平気で半日潰していた私は、この地図アプリを使えばさほど迷わず目的地にいくことができる。それからレストランやホテルの評価を旅先で知ることもできる。ものすごく自然に、携帯電話という便利は旅に入りこんだ。

私は今も、ホテルも予定も決めずに旅先にいくが、迷えば地図を開き、ホテルはアプリで調べ、ときにはレストランもインターネットでさがす。もちろんそれだけで魔法のように旅がさくさく進むかというとそんなことはなくて、バス停まで地図を見ながらいけたはいいが乗るバスがわからなくて右往左往したり、いきたい場所にかぎって地図にはのっていなかったりして、相変わらず無駄の多い旅だ。けれどやっぱり私の旅は劇的に変わった。仕事の緊急な連絡がないか、旅のさなかに毎日私はチェックする。必ず何かしらあって、その返信をあわてて送る。わからないことがあればすぐに調べる。

電話もかかってくる。相手は私がどこにいるのかなんて知らずに「先日の用件なんですけれど」とものすごく日常的に話し出す。「あの、私今コロンビアの、ものすごく田舎のほうにいるので、ちょっと長話はできないのですが」と伝えたところ、相手は、ごくふつうに会話している近さと、コロンビア東京間の位置関係で混乱したのだろう、「ええ、それであの、先日お手紙をお送りしたのですが、それにつきまして……」と、何も聞かなかったように話し続け、私はなんだか奇妙な気分になった。私にとってあくまで旅は非日常だったから、その電話の日常感に、相手と同様混乱したのだと思う。

美術関係の仕事をしている友人が、旅する土地の、訪ねるべき場所を、あらかじめストリートビューで見ていくと話していて、それにも驚いた。美術関係の見るべきものをピックアップして、いかに効率よくまわれるか、あらかじめ予習しておくらしい。すごい、そんなことは逆立ちしても私にはできないと思いつつ、もし私が、そういうことができるくらい賢かったら、はて、旅をするだろうかと思いもした。

携帯電話必須の旅をしながら、自分が若かりしころの、日がな一日浜辺にいて、なんの焦燥も不安も覚えなかったこととか、教えられるまま名も知らぬ町に向かい、そこからきもしないバスを待っていたこととか、レストランでの注文に失敗して珍妙なものを食べたりしたことを思い出し、信じられないような気持ちになる。ああいうことってもうないんだろうなあと思う。無駄が生み出した数々の出会いや奇跡みたいな瞬間も、減ってしまうのだろうとも。そういう旅を思い出すと、私はここでもやっぱり喪失感を味わうが、しかし、携帯電話を置いて旅をすることは私にはすでに不可能だろう。

一ヵ月かけてひとりで見知らぬ町をさまよっていたころの私に、二〇年後、あなたは移動時間の短さで旅先を選び、五日六日の短い旅を、仕事の連絡を取りながらすることになるよ、と伝えたら、私はものすごくショックを受けるだろう。そんな大人になりたくないと本気で思うだろうし、そんな大人になってしまうのかと絶望しただろう。でも、そんな大人になった今、ちょっと思うのは、旅の本質はそんなことではないのじゃないか、ということだ。距離の近さ、期間の短さ、未知か既知か、便利か不便か、そういうものの届かないほど奥深くに、何か、旅の持つ本質的な魅力というものがあるような気がする。だって、変化を、好むと好まざるとにかかわらず受け入れながら、それでも私は旅をしているわけだから。ではその本質的な魅力とはなんなのか？　ということを、私はこの先も、内外ともにさまざまな変化にさらされつつ、ずっと考えていくんだろうなと思う。

本書のプロフィール

本書は、二〇一三年四月に刊行された単行本「世界中で迷子になって」をもとに文庫化したものです。

小学館文庫

世界中で迷子になって

著者　角田光代

二〇一六年八月一〇日　初版第一刷発行

発行人　菅原朝也
発行所　株式会社 小学館
〒一〇一-八〇〇一
東京都千代田区一ツ橋二-三-一
電話　編集〇三-三二三〇-五六一七
　　　販売〇三-五二八一-三五五五
印刷所――大日本印刷株式会社

この文庫の詳しい内容はインターネットで24時間ご覧になれます。
小学館公式ホームページ　http://www.shogakukan.co.jp

ISBN978-4-09-406323-3